名家带你读名著（绿色卷）

水孩子

[英]查理斯·金斯莱/原著

·········· SHUI HAI ZI ··········

中国人口出版社

图书在版编目（CIP）数据

水孩子 /锗云主编.—北京：中国人口出版社，2009.4
（名家带你读名著·绿色卷）
ISBN 978-7-80202-851-7

Ⅰ.水… Ⅱ.锗… Ⅲ.童话—英国—近代—缩写本
Ⅳ.I561.88

中国版本图书馆CIP数据核字（2009）第013145号

水 孩 子

[英] 查理斯·金斯莱/原著

出版发行	中国人口出版社
印　　刷	保定市中画美凯印刷有限公司
开　　本	850×1168　1/32
印　　张	4.75
字　　数	80千字
版　　次	2009年6月第1版
印　　次	2009年6月第1次印刷
书　　号	ISBN 978-7-80202-851-7
定　　价	100.00元（共10册）

社　　长	陶庆军
网　　址	www.rkcbs.net
电子信箱	rkcbs@126.com
电　　话	（010）83519390
传　　真	（010）83519401
地　　址	北京市宣武区广安门南街80号中加大厦
邮　　编	100054

版权所有　侵权必究　质量问题　随时退换

自我成熟、自我完善的励志名篇

谭旭东

《水孩子》是世界十大著名哲理童话之一，成书于1863年。作者查理斯·金斯莱（1819～1875）是英国十九世纪一位知识渊博的学者兼作家，出生于一个普通的牧师家庭，曾在伦敦大学和剑桥大学学习法律，毕业后担任牧师，还在剑桥大学、牛津大学担任过历史学教授。他著有长篇小说《酵母》和《阿尔顿·洛克》，描写雇农和手工业者的困苦处境。金斯莱关心下层人民的生活疾苦，反对当时不合理的儿童教育，强调劳动的意义，这些观点在其童话代表作《水孩子》里都得到充分的体现。

《水孩子》塑造了受尽虐待的可怜穷孩子——汤姆的形象。与以往童话中的主人公不同的是，汤姆一出场就是一个脏兮兮的小孩。他安于现状，浑浑噩噩，身上有很多坏毛病，比如不讲卫生、缺乏教养、自私自利、爱说谎话等等，给人的第一印象就是满身恶习。这个在哈特荷佛府打扫烟囱、倍受师傅葛林虐待的小男孩，幸运地遇到一位仙女，每到关键时刻都会得到她的保护和帮助。仙女在帮助汤姆的同时还给他启示："那些愿意清白的人，得到的将是清白；那些自甘下流的人，就要下流到底。"整个故事的情节就是围绕这则经典警句逐步展开的。汤姆变成水孩子后，经常对石珊瑚、海葵、海螃蟹等水生动物搞一些过火的恶作剧，有时简直就是个小恶魔。为此，他受到罚恶仙人的惩罚；当他悔过自新后，又得到福善仙人的奖赏。在两位仙人的帮助下，汤姆很快就健康地成长起来。

《水孩子》是一部教育孩子自我成熟、自我完善的童话故事。作品曾被翻译成多种文字，介绍到许多国家，成为世界儿童文学的经典名著。其中心思想是，通过描写美丽的水底世界，透过汤姆神奇的成长历程，让大家意识到：孩子在成长过程中要通过自我认识来完善自己，以达到自我改造、自我成熟的目的；不应该对孩子采取填鸭式的教育；枯燥生硬的说教，会严重影响孩子们的健康成长，这不仅不能达到教育的目的，反而会使他们变成畸形人。同时，作品还寄托了作家对孩子们的殷切希望：热爱劳动，乐于助人，勇敢正直，心胸开阔，经过生活的磨砺，用爱心包容一切。只有这样，长大后才能成为博闻广识，对社会有用的人才。

人物简介

汤姆 汤姆本来是一个扫烟囱的小男孩,身上整天黑乎乎的。一次因为扫烟囱闯了祸,被许多人追赶。他逃了出来,变成一个巴掌大的水孩子,两耳下边长出鱼一样的鳍,这样他就可以在水中生活了。他经历了许多意想不到的事情,最后还救了他的师傅葛林。

罚恶仙人 罚恶仙人是住在白兰登岛的女仙人,在汤姆看来,她又老又丑。她专门惩罚那些凶恶的坏人,让这些坏人感受他们曾经带给别人的痛苦,尤其是给小孩子们带来的痛苦。她最喜欢小孩子。

福善仙人 福善仙人是罚恶仙人的妹妹,和姐姐的工作不同,她负责教给孩子们好好做人的道理,教育他们要做一个好孩子。她非常温柔,而且喜欢给孩子们唱在汤姆听起来非常愚蠢的歌曲,事实上这些歌曲非常好听。

护持婆婆 护持婆婆是海上最伟大的仙人,她的身体是一座巨大的冰山,她身体融化的冰变成一个个水孩子。她有超凡的能力,她看到的东西可以自己变成她想变成的东西。她给了汤姆一个有用的护照。

爱丽 爱丽是一个聪明美丽的小姑娘,曾经被黑乎乎的汤姆吓哭过。后来爱丽在仙人的指导下变成一个女教师,负责教汤姆学好,并和汤姆一起愉快地学习了七年。最后爱丽和汤姆幸福地生活在了一起。

葛林 葛林是汤姆的师傅,是一个熟练的扫烟囱工人。他几乎每天都要打骂汤姆,因为他认为师傅就应该这样打徒弟。后来他被关在一个黑黑的烟囱里,仙人和汤姆把他救出来后,仙人让他去打扫火山穴。

目录

大事不妙,汤姆出逃……………………… 1

温暖的大海,我的家……………………… 20

奇妙的世界,可爱的伙伴………………… 33

大海那里有水孩子吗……………………… 52

我爱仙人妈妈……………………………… 68

糖果带来的悲伤…………………… 88

奇妙的旅行…………………………… 103

美丽的成长…………………………… 120

大事不妙，汤姆出逃

从前，在一个北方的大城市里住着一个扫烟囱的小孩。他有一个很容易让人记住的名字，叫汤姆。

汤姆不会读书，不会写字，也从不洗脸。他每天的工作就是跟着师傅到城里扫烟囱。这是一个很挣钱的活儿，所以他的师傅葛林先生很有钱。

汤姆和其他孩子一样，每天有时哭，有时笑。如果他哭了，那一定是因为他爬了黑暗的烟囱，擦破了膝盖，或者因为师傅打他，还有就是因为肚子吃不饱；不过，他也会和别的孩子一样掷铜钱，或者跳田鸡，这个时候，他就会笑起来。他最喜欢向马腿扔石子，或者在附近有墙的地方躲起来，这些是他认为天底下最快乐的事了。

汤姆常常会做梦，他梦见自己长成了一个真正的男子汉。他也收了很多**学徒**，一个、二个、三个……学徒要多多地收！他也会像师傅对待自己一样对待他们，要他们把重重的**煤灰**袋子扛在肩上。他自己呢，也要像他师傅葛林一样坐在驴子身上，嘴里叼着一个**烟斗**，像国王检阅军队一样，神气十足。

如果你每天扫烟囱、饿肚子和挨打，你一定感觉很委屈。可是，汤姆认为这是很正常的事情，就像天上会下雪和打雷一样。但他总是相信好日子一定会来的。到那时候他长大了，像一个真正的男子汉一样，会穿上漂亮的衣服，喝上大杯的**啤酒**。他还要收上几个学徒，也要像师傅对待他一样对待他们，他会像一个真正的国王那样……不过现在，只要师傅给他

【**学徒**】
在商店里学做买卖或在作坊、工厂里学习技术的年轻人。

【**煤灰**】
一种可以燃烧的黑色固体，主要成分是碳、氢、氧和氮。是古代植物埋在地下，经历复杂的化学变化和高温高压而形成的。按形成阶段和煤化程度的不同，可分为泥炭、褐煤、烟煤和无烟煤。主要用作燃料和化工原料。

【**烟斗**】
吸烟用具，多用坚硬的木头制成，一头装烟叶，一头衔在嘴里吸。

喝一口喝剩的啤酒底,他就快活得不得了了。

有一天,一个穿戴整齐的小马夫来到了葛林的家里。躲在墙后面的汤姆看到他的到来,准备按照这里的惯例,用破砖块扔向那人的马腿。可是马夫却彬彬有礼地问汤姆葛林的住址。

一听是这样,汤姆知道:一定是有生意来了。汤姆可不是个傻孩子,他知道该怎么招呼客人。于是他偷偷放下手里的破砖头,过来接生意。

小马夫带来了一宗不错的生意——到哈特荷佛府扫烟囱。这可是一宗大买卖。他的师傅快活得不成样子,高兴地把汤姆一拳打倒在地上。第二天早上,他没忘记又给汤姆一拳,为了警告汤姆到了哈特荷佛府,要安分一些,好让主顾满意。事实上汤姆也这么想了,因为汤姆是个聪明的孩子。

在汤姆的心里,世界上最了不起的地方就是哈特荷佛府了。那里的约翰爵爷曾经两次送他进过监狱,所以也应该是世界上最可怕的人。

汤姆和师傅第二天4点钟就起床了。我想,你们从来没有在早上4点钟起过床吧?当

【啤酒】

以大麦和啤酒花为主要原料发酵成的酒,有泡沫和特殊的香味,味道微苦,含酒精量较低。也叫麦酒。

【惯例】

一向的做法;常规。

【警告】

对有错误或不正当行为的个人、团体、国家提出告诫,使认识所应负的责任。

【监狱】

监禁犯人的处所。

然，有一些人起床会早一些，那是因为他们有特殊的事需要做，比如说，有的人是为了爬<mark>阿尔卑斯山</mark>，有的人是为了去捉鱼，可是汤姆是被逼无奈。我最不明白的就是这一点，为什么人们总是要把白天的事放在晚上来做，他们每天晚上8点吃晚饭，10点钟赶赴舞会，然后一直从夜里12点跳到早上。这样做，毁掉了自己的脑力和健康的肤色。

可是汤姆永远不会这样。他的脑力很清晰，肤色嘛，如果没有煤灰的污染，也应该十分细嫩。汤姆和他的师傅在晚上7点钟的时候就死死地睡去了，当那些老爷太太们准备睡觉的时候，他们却准备起床了。

在半明半暗的晨光里，汤姆和师傅一起出发了。他们沿着黑色的泥路一路前行，来到了真正的乡下。天还没有亮，四周静悄悄的，只有挖煤机器的轰鸣声。这样走着走着，路就变白了，天已经亮了。整个世界一片寂静。

一个<mark>爱尔兰</mark>女人也在这条路上走着，她看起来很穷但很美丽。她看起来很疲倦，光着脚一拐一拐地走路。葛林看她长得很美，就邀请她和自己同坐到驴子上。她冷冷地拒绝了葛林先生的邀请，说自己宁愿和汤姆一起走。她

【阿尔卑斯山】

欧洲最高大的山脉。西起法国东南部地中海岸，经意大利北部、瑞士和德国南部，东至奥地利维也纳盆地。呈弧形东西延伸长1200千米，宽120～200千米，平均海拔3000米左右，最高峰勃朗峰，海拔4807米。莱茵河、多瑙河、波河等许多河流发源于此。山势雄伟，风景优美，为旅游胜地。

【爱尔兰】

位于欧洲西部爱尔兰岛上，沿海多断续山地，中部为平原。经济以农牧业和旅游业为主，沿海渔业兴盛。首都都柏林。

和汤姆并排走在路上,一路说笑个不停,她说她的家在大海那边,还告诉了汤姆很多关于大海有趣的事。汤姆听了之后,对大海充满了向往,恨不得去看一看大海。汤姆喜欢上了她,觉得她是自己遇见的女人中最漂亮、最善解人意的一个。

他们走到山脚下美丽的泉水边,泉水清澈透明,四周开满了野花。爱尔兰女人帮助汤姆摘了很多花,还扎成了美丽的花环。汤姆看到师傅在泉水里洗脸,也想在泉水里浸一浸,他想这样一定跟把头放在城里抽水机下面一样痛快。葛林很生气,因为爱尔兰女人不愿意和他走在一起,早就憋了一肚子火。这时他抓起汤姆就是一顿痛打。爱尔兰女人大声斥责他,并警告他说,如果他胆敢再打汤姆,就要把他对汤姆做过的恶行都抖搂出来。爱尔兰女人告诉这两个人:"那些愿意清白的人,得到的将是清白;而自甘下流的人,就要下流到底。"女人说完就消失在草场里。

又走了大约3英里路,他们走到了约翰爵爷的庄园。葛林和那个管园子的谈得十分开心。汤姆非常害怕他,总是叫他"老爷"。其实,他哪里知道呢,管园子的就是小偷。只不

【花环】
用鲜花或纸花扎成的环状物,多用来表演舞蹈、迎接贵宾等。

【英里】

英美制长度单位,1英里等于5280英尺,合1.6093千米。旧也作哩。

过他在家里是管园子的,出去后就成了小偷。汤姆好奇地打量着这里,他看到了从来没有见过的高大的树,还听到了一种奇怪的嗡嗡声,管园子的人告诉他那是蜜蜂。

蜜蜂?汤姆从来没听说过这个名字。于是,他又问道:"蜜蜂是什么?"

"当然是做蜜的。"管园子的回答。

"蜜是什么?"

"你的废话真多。"葛林不耐烦了。

管园子的哈哈笑了起来。"这个小家伙跟你这种人在一起,肯定要变坏。"

葛林也大笑起来,因为他把这句话当成了对自己的赞美。

当他们走到大房子门前时,汤姆大吃一惊,只见铁门里很多杜鹃花都开了,大大小小的烟囱矗立在那里。他寻思:这么豪华的大房子,不知道要花费多少钱呢?

可是汤姆和师傅并没有从那个大铁门进去,而是从房子后面一个门进去了。过道里的女管家很傲慢,一直不停地警告他们,不可以这样,不可以那样。不过她只对葛林讲,其实爬烟囱的却是汤姆呢!汤姆按照葛林的吩咐,把她要求记住的都记住了。后来女管家领他们

【蜜蜂】
昆虫,体表有很密的绒毛,前翅比后翅大,雄蜂触角较长,母蜂和工蜂有毒刺,能蜇人。成群居住。工蜂能采花粉酿蜜,帮助某些植物传粉。

【杜鹃】
常绿或落叶木,叶子椭圆形,花多为红色。供观赏。

【管家】
旧时称呼为地主、管僚等管理家产和日常事务的地位较高的仆人。

到了一个大房间,命令他们动手。这时葛林踢了汤姆一脚,汤姆就被踢进烟囱里了。

可怜的汤姆在漆黑的烟囱里扫啊扫啊,不知道究竟扫了多久的烟囱。现在他已经很疲倦了,并且被乡间曲曲折折的老式**别墅**弄得迷迷糊糊的。一时间,他迷失了方向,在黑暗中爬呀爬呀,终于爬了下来。可是他发现自己站在了一间房间的炉毯上面。他看见了一个从没有见过的美丽房间。他看见了一个洗脸架和很多洗脸、洗澡用的东西,他想:"这个房间的主人一定是个脏女人吧?"可是,用了之后的脏水藏到哪里去了呢?他朝床上望望,大吃一惊,他发现了一个从来没见过的美丽小姑娘。她有着和枕头一样白的脸蛋,和金丝一样金黄的头发,和清水一样白嫩的皮肤。他睁大眼睛,呆呆地望着这个天仙一样的小姑娘。

"如果我洗干净了,一定比她的样子好看,"汤姆想。可是,他在镜子里望见了肮脏的自己。第一次看到自己的模样,他羞愧地哭了出来。他转身想走,可是不小心撞倒了**炭**栏,火棒也摔了下来。哎呀,那个声音真是惊天动地,把床上的小姑娘惊醒了。

小姑娘突然看见了一个全身乌黑的小孩,

【别墅】

在郊区或风景区建造的供休养用的园林住宅。

【炭】

木材在隔绝空气的条件下干馏得到的东西,常保留木材原来的形状,质硬,有很多细孔。有黑炭和白炭两种。用作燃料,也用来过滤液体和气体,还可做黑色火药。

名家带你读名著(绿色卷)

吓得跳了起来，她朝着汤姆尖叫起来。**保姆**应声赶来，她一眼看见了肮脏的汤姆，断定他就是一个小偷，或者是一个杀人的**强盗**。老保姆脚不沾地地飞跑过来追赶他，一把抓住了他的外衣。可是汤姆早已经锻炼出逃跑的本领。连警察都抓不住他，更何况这个老太婆呢！好家伙，汤姆从保姆的胳膊下溜了出来。他跑过房间，还立刻从窗口跳了出来。现在他站在窗上，却没有马上跳下去。他也没有顺着水管滑下来，虽然这是他的拿手好戏。原来，他发现了窗子外面的一棵树。汤姆不管这是什么树，像猴子一样，"哧溜"从树上滑了下来。他穿过草地和铁栅栏，跑出了庄园。

"救命啊！救命啊！"保姆在窗口大喊了起来。大伙儿不知道发生了什么事，纷纷放下手中的活计，追赶汤姆。小花匠看见了汤姆，扔下了正在割草的**镰刀**，去追赶汤姆。镰刀割破了他的肌肉，可是他一点儿也不知道。挤牛奶的女佣人，不顾一切地跳起来去追赶汤姆，慌忙中用膝盖把搅乳器碰翻，洒了一地的牛奶。葛林呢，急着去追赶汤姆，把煤灰口袋打翻，把院子里糟蹋得不像样。老管家急忙去开店门，结果驴子的下巴卡在门壁尖铁上，不知

【保姆】
受雇为人照管儿童或为人从事家务劳动的妇女。

【强盗】
用暴力抢夺别人财物的人。

【镰刀】
收割庄稼和割草的农具，由刀片和木把构成，有的刀片上带小锯齿。

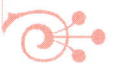

【篱笆】
用竹子、芦苇、树枝等编成的遮拦的东西，一般环绕在房屋、场地等的周围。

【田鼠】
鼠的一类，有许多种，体长约10~15厘米，生活在树林、草地、田野里，群居，吃草本植物的茎、叶、种子等，对农作物有害。

【喜鹊】
鸟，嘴尖，尾长，身体大部为黑色，肩和腹部白色，叫声嘈杂。民间传说听见它叫将有喜事来临，所以叫喜鹊。也叫鹊。

【乌鸦】
鸟，嘴大而直，全身羽毛黑色，翅膀有绿光。多群居在树林中或田野里，以谷物、果实、昆虫等为食物。有的地区叫老鸹、老鸦。

　　道现在那个下巴是不是还在那里呢！可是，他没工夫管这些，也追汤姆去了。正在耕田的农夫丢下自己的两匹耕马，飞跑起来追汤姆，结果他的一匹马跳过篱笆，而另一匹呢，连马带犁都摔到沟里去啦！可是他好像没看见一样，跳起来追汤姆。管园子的听见人们的呼喊声，一失手把鼠笼里的一只田鼠放走，还打痛自己的手指。可他不理这些，一面想着汤姆的模样，一面奔跑着去追汤姆。早起的老头儿约翰爵爷听见喊声往外望，被一头貂鼠刚好撒的一粒屎迷住了眼睛。可是他顾不得请医生，也跑出来追赶汤姆。路上的那个爱尔兰女人不知道什么时候又来了，她扔掉了自己的口袋，也去追赶汤姆。爵爷太太刚刚从窗子里探出头来，她的假发就落在了院子里，不能够出门了，所以只有她没去追汤姆。以后的故事也不会提到她了。

　　那一次，哈特荷佛府第一次杀声震天，第一次那样不顾体统，全部的原因就是大家都认为汤姆至少偷了价值1000镑的首饰。更可笑的是，连喜鹊和乌鸦也跟在汤姆后面，好像他真的是被猎人追赶的垂死的狐狸一样。

　　假如他有一个强壮的父亲，他一定有大猩

猩一样的爪子。这时候，花匠的肚肠说不定就被他抓了出来，那个挤牛奶的女佣人一定被他抓起来甩到了树上，约翰爵爷的头说不定也被拧掉……可是，他没有。他从来不记得自己有过父亲，他只能自己照顾自己。可怜的汤姆！他赤着双脚，像一只众人喊打的黑猩猩，向树林里钻去。

汤姆从来不奢望自己会有爸爸，他早已习惯了一个人生活。他的奔跑本领比你大多了。他从来不怕跑路，为了赚取一个铜子，或者只是一段香烟，他能跟着邮政车跑上两英里也不觉得累。所以，谁也别想轻松地追赶上他。聪明的他清楚地知道自己应该躲进树林，否则很容易就被人发现了。可是，跑进去他才发现，情况和他想象的一点儿都不一样。糟糕的是，他跑进了一片杜鹃花树丛，那些树枝划着他的脸，戳着他的胳膊，滋味真不好受。刚从杜鹃丛里拔出脚，又被长长的芦苇绊了一跤，把指头都划破了。

汤姆看来是非要出去不可了。不然，"我就得等人来救我了，"他想，"我可不想这样。"

可是怎样出去呢？说老实话，这对他来

【大猩猩】

类人猿中最大的一种，雄性高约1.65米，雌性高约1.40米，毛黑褐色，前肢比后肢长，能直立行走。生活在非洲密林中，吃野果、竹笋等。

【黑猩猩】

哺乳动物，直立时高可达1.5米，毛黑色，面部灰褐色，无毛，眉骨高。生活在非洲森林中，喜欢群居，吃野果、小鸟和昆虫。是和人类最相似的高等动物。

【香烟】

纸里包烟丝和配料卷成的条状物，供吸用。也叫纸烟、卷烟、烟卷儿。

【芦苇】
多年生草本植物，多生在水边，叶子披针形，茎中空，光滑，花紫色。茎可以编席，也可以造纸。根状茎可入药。也叫苇子。

【松鼠】
哺乳动物，外形略像鼠而较大，尾巴蓬松而特别长大，生活在松林中。

【沼泽】
水草茂密的泥泞地带。

【石楠】
也叫"千年红"，常绿乔木。初夏开花，白色。小梨果球形，熟时红色。木可制小工艺品，叶入药。也为观赏树。

说是一个很大的难题。这时，他一头撞上一堵墙，撞得他看见了各式各样的美丽星星，可是，它们在万分之一秒间就消失了，随之而来的是钻心的疼痛。别忘了，汤姆是一个勇敢的孩子，他一滴眼泪也没掉，就像只**松鼠**一样爬过墙头，往前走去。

现在他的面前是一大片**沼泽**地，一眼望不到边。聪明的小汤姆跳过墙之后，为了不招致猎狗的追赶，突然向右手方向狂奔而去，一口气跑了半英里路。所有追赶他的人果然朝着他相反的方向追去了。汤姆听着越来越远的喊声，得意地笑了起来。

然后，他小心翼翼地越过一个凹下去的斜坡，一直走到了坡底。他终于逃出所有人的视线了吗？不是的。还记得那个爱尔兰女人吗？她自始至终都看着汤姆，并且悄悄地跟着他翻过墙，一步也不落地跟着他。后来，约翰爵爷和其他人再也看不到她了，也就把她忘了。

汤姆这时已经走进了一片**石楠**丛里。崎岖不平的沼泽地里还长着石头，从上面走真是很痛苦的一件事，可是我们的汤姆不仅能够轻松地走过，还能抽空欣赏这美妙的新世界。他看见了正在吐丝的**蜘蛛**，看见五颜六色的**蜥蜴**胆

怯地钻到石楠丛里；看到美丽的母狐带着小狐们觅食；还有大松鸡在沙里洗澡，看见汤姆，扑扑地惊叫着飞了起来，口里还叫"救命啊，救命啊"，好像世界末日就要来临了一样。可是，一个小时以后，也就是汤姆离开以后，它重新回到老婆那里，庄重地宣布世界末日还没到来的消息。习以为常的老松鸡的老婆只是这样回答它："捉蜘蛛去，捉蜘蛛去。"

汤姆就这样漫无目的地走下去，他越来越喜欢这个古怪的地方了。这里的空气清新而又凉爽，实在令人兴奋。他现在走到了山上，路越来越难走了。现在他的脚下踩到了一大片石灰岩。这些石灰岩之间的裂缝很深，中间生长着羊齿草。汤姆小心地从这些石头缝之间跳过去，虽然有时会跌痛小脚趾甲，可是不知道为什么，他仍旧往上走去。

曾经跟着汤姆的爱尔兰女人始终跟在他后面。在沼泽地上行走的她始终望着汤姆，然而汤姆一次也没有回头望过。她很会躲藏，经常躲在岩石和土丘后面，所以从来没让汤姆看见过。

走了这么长的路，汤姆没有吃过东西，也没有喝过水，他又饥又渴，疲倦极了。这时的

【蜘蛛】

节肢动物，身体圆形或长圆形，分头胸和腹两部，有触须，雄的胸部内有精囊，有脚四对。肛门尖端的突起能分泌黏液，黏液在空气中凝成细丝，用来结网捕食昆虫。生活在屋檐和草木间。

【蜥蜴】

爬行动物，身体表面有细小鳞片，多数有四肢，尾巴细长，为迷惑敌害，可自行断掉。雄的背面青绿色，有黑色直纹数条，雌的背面淡褐色，两侧各有黑色直纹一条，腹面都呈淡黄色。生活在草丛中，捕食昆虫和其他小动物。也叫四脚蛇。

【松鸡】

鸟纲，松鸡科，也称"林鸡"。中国著名的有细嘴松鸡，栖息于高山林带，多群居，食树芽和浆果等。

太阳尽情地把热能放射出来,似乎把岩石都要晒化了,石头上面的空气都在打旋,看起来周围的东西都好像在动荡、在溶解。要是能在什么地方找到点儿吃的和水,该多好啊!可是,汤姆知道这是一个不切实际的**幻想**。这时的树木还开着花,没有到结果的季节,这里的岩缝中间也没有可以供他润嘴唇的水。就算有水落洞,因为太深了,他还只是一个孩子,尽管他很勇敢,也不敢下去。

他走啊走啊,走得头昏脑涨,两眼昏花。他的腿已经不听使唤,一下也不想抬起来了。忽然,他听见远处**教堂**传来的钟声,一下子高兴起来,"教堂总是有房屋的,或许我能在那里吃点喝点呢。"他这样想着。于是,他打起精神,鼓足勇气,朝着有声音的教堂勇敢地走去。

他站起来,刚想往前走,忽然——他望见了什么?他看见了远在他身后的山,知道山脚下就是哈特荷佛府,那片黑森林和明亮的**鲑鱼**河环绕在哈特荷佛府周围。远山下面的左边,是他曾经扫过烟囱的大城市,大城市的上方,那些煤矿上黑烟在"突突"地往外冒。往更远处看,是一条宽阔的河,此时正向大海流去;

【幻想】
以社会或个人的理想和愿望为依据,对还没有实现的事物有所想象。

【教堂】
基督教徒举行宗教仪式的场所。

【鲑鱼】
鱼,身体大,略呈纺锤形,鳞细而圆,有些生活在海洋中,有些生活在淡水中,是重要的食用鱼类。种类很多,常见的有大麻哈鱼。

河面白色的点**星罗棋布**,那是航行的船只。他的前面是一片宽阔的**平原**,挤满了农场和村庄,它们被一丛丛深暗的树木隔开着,远远望去,就像一张铺开的**地图**。所有的这些——村庄啦、河流啦、城市啦,好像全都在他的脚下一样。虽然这样,汤姆可清楚得很,他知道这些都在几十英里外。现在他转向了右手方,他看到重重叠叠的沼泽,隔着重重叠叠的山丘,汤姆看见越远越淡的山色,最后竟然变成了青色,和青色的天空连接在一起。他停下来,禁不住说:"啊,这世界多么大!"

别以为汤姆会陶醉在这里,忘记他要做什么。他才不会呢!他一眼望见了一块好地方,这地方就在他的脚下,他知道正是他想要找的地方。现在,他决定马上下去。

他远远望见一处深绿色的石谷,十分狭窄,到处还长满了树木。透过这些树木望下去,他看见一条清澈见底的小溪。他舔舔干裂的嘴唇,禁不住想:要能到达水边多好啊!就在他想怎样下去的时候,汤姆望见了小溪边一座小小的村舍,看见了粉红色的屋顶和一座小小的花园。那真是一个精致的小花园!还有一个红色的**苍蝇**大小的小东西在走呢!哦!原来

【星罗棋布】
像星星似的罗列着,像棋子似的分布着,形容多而密集。

【平原】
起伏极小、海拔较低的广大平地。

【地图】
说明地球表面的事物和现象分布情况的图,上面标着符号和文字,有时也着上颜色。

【苍蝇】
昆虫,种类很多,通常指家蝇,头部有一对复眼。幼虫叫蛆。成虫能传染霍乱、伤寒等多种疾病。

那是一个穿红裙的妇人。饥饿的小汤姆又开始想了：她也许会给我一点儿好吃的吧！

忽然，教堂的钟声又响了起来。"嗯，没错，下面准有一个村庄。"汤姆想。并且，他可以肯定这个村庄里的人都不认识他，而且也不会知道在遥远的哈特荷佛府那边发生了什么事情。就算全郡的警察都过来追他，也不会这么快就到这里的。可是他呢，哈哈，5分钟就能下去！汤姆果然想得不错，原来他不知不觉已经跑了差不多10英里远了，这时候，他远远地将哈特荷佛府甩在了后面。他想自己5分钟就能下去，可是他想错了。因为尽管那个村子看起来很近，可要从这里下去，还要走上一英里多路呢！

这时汤姆双脚酸痛，加上一直没有吃东西，他已经累得迈不出脚步了。可别忘了，汤姆是个勇敢的孩子呢！教堂的钟声依然洪亮地敲着，在汤姆的感觉里，却觉得是自己的脑子在作怪。最妙的是小河，也在下面唱着歌呢！不过我们一般是听不懂的，如果把歌词**翻译**出来，就是这样的：

又清又凉，又清又凉，
流过浅小的沙滩、美丽的池塘；

【翻译】
把一种语言文字的意义用另一种语言文字表达出来（也指方言与民族共同语、方言与方言、古代语与现代语之间一种用另一种表达）；把代表语言文字的符号或数码用语言文字表达出来。

又凉又清,又凉又清,
流过闪光的**卵石**、溅水沫的堤岸;
在有**画眉**鸟歌唱的**巉岩**下,
在有钟声飘扬的楼墙下,
清清白白的,
让我在水边嬉戏吧,
让我在水里洗浴吧,
母亲和孩子。

又脏又湿,又脏又湿,
流过烟雾弥漫、烟囱林立的城市;
又湿又脏,又湿又脏,
流过水边的河岸、沟渠和**码头**;
越向前走,
我越变得烦乱,
越变得富有,
就越变得贪婪;
被罪恶玷污的,
谁敢和它玩耍?
不要靠近我啊!
母亲和孩子。
坚强而自由,坚强而自由,
坚固的**闸门**打开了,

【卵石】

岩石经自然风化、水流冲击和摩擦所形成的卵形或接近卵形的石块,表面光滑。是天然建筑材料,用于铺路、制混凝土等。

【画眉】

鸟,身体上部绿褐色,下部棕黄色,腹部灰白色,头、后颈和背部有黑褐色斑纹,有白色的眼圈。叫的声音很好听,雄鸟好斗。

【巉岩】

高而险的山岩。

【码头】

在江河沿岸及港湾内,供停船时装卸货物和乘客上下的建筑。

【闸门】

水闸或管道上调节流量的门。

我向大海里流；
自由而坚强，自由而坚强，
我一边前进，一边清洗肮脏；
我要赶往金黄的沙滩，
动荡的小洲，
远远等待我的潮头啊！
我要投身在无边无垠的大海里，
把一个罪恶的灵魂清洗，
清清白白的，做一个人；
让我在水边嬉戏吧，
让我在水里洗浴吧，
母亲和孩子。

听着这样的歌曲，汤姆坚定地走了下去，他不知道，那个爱尔兰女人也跟在他后面走下去。

温暖的大海,我的家

远远看来只是那么短的距离,真正走起来却那么远!果然不错。表面看来,身穿红裙的妇人距离他只有一步之遥,好像扔个石子就能打中她的脊背一样。可是真正走下去,却好像永远也走不到头一样。谷底是一条小河,不过几米宽而已。灰色的山峦层层叠叠,灰色的石级一直升到天。

这是一片幽静富饶的原野。原野上方的石缝又窄又深,偏僻得连精灵都找不到这里。

它有一个美丽的名字,叫做凡谷。汤姆经受不住这美丽的诱惑,一步步地走了下去。当他走过300英尺的陡坡时,生长在坡上的石楠,和着褐色的沙砾,像锉刀一样割着他可怜的脚跟。尽管脚上火辣辣的疼,他还是相信很快就能走到花园里。

他接着走下300英尺的石灰岩,走过一个坡,又走过一个坡。这些坡好像事先都被人用特制的斧子劈出来的一样,光滑而笔直。

接着往下走,他看到了一处青草坡。坡上长满了姹紫嫣红的花草,非常美丽。

再接着他跳下一块足足有两英尺高的石灰岩。

他又经过一片花草。

然后,又跳下一个石阶。

接着还是一大片花草的坡地,可是太陡了,汤姆就坐在那里,竖直地滑了下去。

现在他到了一个石坡,石坡很陡很高。他没敢直接划下去,他害怕会滚到老妇人的花园里,吓昏了老妇人。于是他手脚并用,寻找到一条狭窄的石缝,从石缝里爬了下去。他太

【英尺】
英美制长度单位,1英尺等于12英寸,合0.3048米,0.9144市尺。旧也作呎。

【锉刀】
手工工具,条形,多刃,主要用来对金属、木料、皮革等表层作微量加工。按横剖面不同,可分为扁锉、圆锉、方锉、三角锉等。

【姹紫嫣红】
形容各种颜色的花卉艳丽、好看。

熟悉这个**程序**了,因为爬这个跟爬烟囱几乎一样。他又爬过一处草坡,然后又是一个石级,这条路太长了,他都不耐烦了。唉!看起来一颗石子就能扔到的距离,怎么就这么远啊?汤姆已经很疲倦了,可又不得不走下去。

汤姆就这样走啊走啊,穿过一片茂密的森林。他看见了大叶的**杨树**,叶子的背面闪烁着银灰色的光辉。他听见树木下方的河流汩汩流淌,星星点点的光辉不时在树木的缝隙中闪过。汤姆离下面还有300英尺呢,这一点他还不知道。

当你站在很高的山峰上往下望,你一定感觉头晕,说不定还会坐在地上哭着喊妈妈。可是汤姆却没有这种感觉。因为他是个勇敢的孩子!不过他没有爸爸妈妈。他快乐地爬了下去,就像一只快活的小黑猴,长了四只黑黑的爪子。

他到现在也不知道,爱尔兰女人一直跟在他的后面。

爬了这么老半天,他已经筋疲力尽。毒辣的太阳快要把他烤焦了;山岩上的热气,熏得他头晕眼花。他的脸上、身上淌满了汗水,把他一年没有洗过的澡都洗了。可想而知,他走

【程序】
事情进行的先后次序。

【杨树】
落叶乔木,很多,有银白杨、毛白杨、小叶杨等。

【甲虫】
鞘翅目昆虫的统称,身体外部有硬壳,前翅是角质,厚而硬,后翅是膜质,如金龟子、天牛、象鼻虫等。

【水松】
落叶乔木,雌雄同株。球果卵形或长椭圆形,种鳞约20枚,脱落性,各有两种子。常生在河畔池边。

过的地方都变成黑色的啦!自从汤姆从这里走过,凡谷的黑**甲虫**就一天天的多了起来,那是汤姆的汗水把他们都染黑了的缘故。

小家伙们,每个将要成为男子汉大丈夫的人,一生中总有支撑不住的时候,在这个时候,你会感觉心绪不宁、心情烦躁,我多么希望你们能遇到一个坚强的朋友,这时能帮你一把。如果没有,那就会像现在的汤姆一样,只好躺在那里,等着有人救他。

这时他终于不能走下去了,他又热又饿,倒在了地上。苍蝇和黑甲虫纷纷爬过来停在他的身上。感谢这些苍蝇们,他们的叮咬使汤姆苏醒过来。他东歪西倒地走到一个村舍的门口。

汤姆望着这座美丽的村舍,心里有些害怕。我们现在看看这是一座怎样的房舍吧!这里有一个大的花园,花园四周都是笔直的**水松**做成的篱笆,里面还有一些被剪成各种奇怪模样的水松。因为天要热了,从门里传出**青蛙**呱呱的叫声——这些聪明的青蛙呀!

汤姆走到长满了**铁线莲**和**蔷薇**的门口,看见一个慈祥的老婆婆坐在屋子里,她的旁边是一个大壁炉,里面是一盆香草。她长长的红裙

【青蛙】

两栖动物,头部扁而宽,口阔,眼大,皮肤光滑,颜色因环境而不同,通常为绿色,有灰色斑纹,趾间有蹼。生活在水中或近水的地方,善跳跃,会游泳,多在夜间活动,雄的叫声响亮。吃田间的害虫,对农业有益。通称田鸡。

【铁线莲】

毛茛科,木质藤本植物。夏季开花,为野生美丽花卉之一,可供观赏。

【蔷薇】

落叶或常绿灌木,种类繁多,茎直立、攀缘或蔓生,枝上密生小刺,羽状复叶,小叶倒卵形或长圆形,花有多种颜色,有芳香。有的花、果、根可入药。

子拖到地上,地上蹲着一只年纪很大的雄猫,在她的对面,是十来个漂漂亮亮、整整洁洁的孩子,他们在那里叽里咕噜地读着字母。

多么可爱的村舍啊!汤姆忍不住走了进去,结果那些孩子们发现了他。女孩子们看到他的怪样子,大哭起来,男孩子则很不礼貌地哈哈大笑。那个老婆婆走过来赶他走,她以为汤姆是来扫烟囱的。

可怜的汤姆用虚弱的声音叫道:"水……我就要死了……"汤姆说完就倒在了门口。

老婆婆本来要赶他走,看他这个样子,大发慈悲,不在乎他是一个扫烟囱的了。

老婆婆拿来一杯牛奶和一块面包,饥渴的汤姆一口气喝光了牛奶,慢慢睁开了眼睛。

老婆婆问他从哪里来,汤姆回答是从哈特荷佛府跑过来的。老婆婆不相信,可接着就可怜他没有吃东西,劝他把面包吃下去。

汤姆把头靠在自己的膝盖上问:"今天是星期日吗?"

"为什么这么问,孩子?"

"我听见了教堂的钟声,就像星期日一样。"

"天哪,这孩子看来是病了。"老婆婆

把孩子领到了一座草棚里,扶他躺在一堆干草上,让他睡一觉。

可他没有睡觉。他觉得浑身烫得厉害,很想跑到河里去冲冲凉。他做了各种奇奇怪怪的梦,然后大喊着"我要干净一下"。忽然他发现自己站在一片草场中间,前面有一条小河,他毫不犹豫地脱下身上所有的衣服,跳到河里。他一边跳一边想"我要赶快跳到河里洗个干净,我还要去教堂做礼拜呢!"

他始终没有看见那个爱尔兰女人,其实这时她已经走到他的前面了。因为她赶在汤姆来到小河之前,就走进了清凉的河水里。绿水草、白莲花、河里的仙女都赶来欢迎她,因为她是这些仙女里的仙后。

仙后告诉仙女们许许多多她做过的好事,还带来了一个振奋人心的消息:将有一个小弟弟来这里。仙女们开心地笑了。

可是仙后告诉大家一定不能让汤姆看见,因为他现在只是野人,他必须像那些野生的鸟兽一样,得到教训。可是大家要暗中保护他不受到伤害。听话的仙女们开始不高兴了,因为她们也很想跟小弟弟一起玩。

仙后漂到她来的地方,她来的地方其实

【梦】
睡眠时局部大脑皮质还没有完全停止活动而引起的脑中的表象活动。

【礼拜】
宗教徒向所信奉的神行礼。

也是她要去的地方。当然，汤姆不可能看见。他只想着自己要干净一下，没有发现周围的变化。

他在水里沉沉地睡去。长这么大，他头一次这样甜蜜地睡过。他梦见了大片的草地和大批的牛羊。

小家伙，这个世界上有很多没有人看得见的东西，其实它们是世界上最强大和最神奇的，比如我们的生命和推动**蒸汽机**的蒸汽。我们很多人都看不见仙人，而世界很可能因为有了她们，才有了这样的歌："推动世界转动的只有爱啊，爱。"

仙人们用爱推动世界运转，所以只有那些和仙女一样善良的人才能看见他们。而且，不管怎么样，还是让我们假装这世界上存在仙人吧！因为这是一本**童话**，一本美丽的童话。没有仙人，怎么会有童话呢？

现在让我们回头看看美丽村舍的情况吧！好心的老婆婆去看汤姆，可是发现他已经不在了。老婆婆很生气，以为汤姆欺骗了她。不过第二天她就改变了看法。

约翰爵爷和其余的人那天追啊追啊，始终没有追上汤姆，只好像木头鸡一样回家了。

【蒸汽机】
利用水蒸气产生动力的发动机，由供应水蒸气的装置、汽缸和传动机构组成。多用作机车的发动机。

【童话】
儿童文学的一种体裁，通过丰富的想象、幻想和夸张来编写的适合于儿童欣赏的故事。

等他们听完保姆的话，就更像木头鸡了。特别是美丽的小姑娘说出事情的全部情形之后，他们就更更像木头鸡了。大家终于明白，这一切都是误会。汤姆并没有偷房间里的任何一件东西。

约翰爵爷心里有愧，想让汤姆的师傅葛林找回这个孩子，可是葛林发现：他并没有回自己的家。他们做梦也不会想到：汤姆早已经跑到了大沼泽之外的凡谷那边。

约翰爵爷一夜未合眼，第二天一大早就起身去找汤姆。他穿上他的打猎**行头**，骑上马，带上大猎狗和佣人出发了。

猎狗把这一大群人引到汤姆曾经爬下去的悬崖边上，在约翰爵爷的20磅金钱的诱惑下，一个漂亮的小马夫爬了下去，漂亮的衣服变成了叫花子的装束，还丢失了一枚珍贵的**别针**。其他人也都绕路跑了下来。

他们走到老婆婆的学校，小孩子们和老婆婆全都跑出来看他们。她恭敬地给约翰爵爷行了一个屈膝礼，她原来是约翰爵爷的**房客**。

约翰爵爷告诉老婆婆，他们在寻找一个迷失的扫烟囱的小孩。老婆婆答应这些人：只要他们找到孩子以后不伤害他，她就将孩子的下

【行头】

戏曲演员演出时用的服装，包括盔头、靠把、衣服、靴子等。

【别针】

别在胸前或领口的装饰品，多用金银、玉石等制成。

【房客】

租房或借房居住的人（跟"房东"相对）。

落说出来。约翰爵爷说这是一个误会，而且保证不会伤害孩子，并且讲述了事情的经过。

没等爵爷说完，老婆婆就叫了起来："可怜的小宝贝，原来他说的都是真的啊！"她就将所有的情况都告诉了爵爷。约翰爵爷心里有些沉重，他命令猎狗去找。果然，大家在一处小赤杨丛那里发现了汤姆的衣服。他们跑到河边，看见水里有一个黑东西，都说是汤姆的身体。

他们全都明白了，汤姆可能已经死了。

不不，汤姆没有死，他不过变成了一个水孩子。当他醒来时，发现自己变成了4英寸长，在咽喉两边耳下边长了一对鱼儿才有的外鳍，他最初以为这是花边做的领子呢！结果拉痛了才明白这是自己身体的一部分。他决定不碰它了。

现在，汤姆不仅好好地活着，而且从来没有这样干净和快乐过。那些仙女已经把他洗得干干净净，里里外外都一尘不染。真正的汤姆被洗了出来，他游到河边，变成了一个蜉蝣，我们希望他是一个聪明的蜉蝣。

约翰爵爷可不懂什么生物，他完全不懂得这些道理。所以，当他看到汤姆的旧衣服口袋

【赤杨】
落叶乔木，属桦木科。早春开花，雌雄同株，果穗上鳞片木质。木材可制器具，木炭为制无烟火药的原料。

【英寸】
英美制长度单位，1英寸等于1英尺的1/12。旧也作吋。

【鳍】
鱼类的运动器官，由刺状的硬骨或软骨支撑薄膜构成。按所在的部位，可分为胸鳍、腹鳍、背鳍、臀鳍和尾鳍。有调节速度、变换方向等作用。

【蜉蝣】
昆虫，若虫生活在水中1～6年，成虫有翅两对，常在水面飞行，寿命很短，只有几小时至一星期左右。种类很多。

里连一分钱也没有的时候，伤心得哭了起来。他这一哭不要紧，把所有人都惹哭了。只有那个管园子的人，追赶汤姆已经筋疲力尽，所以要想挤出一滴眼泪，比从牛皮里挤出牛奶还要困难。葛林才不会哭，约翰爵爷给他的10镑钱，他早在一个星期前就全拿来喝酒喝光了。

约翰爵爷为了**赎罪**，决定派人四处寻找汤姆的父母，让大家保佑他吧，让他在世界**末日**来临之前找到汤姆的父母。那个美丽的、干净的小姑娘也很久不玩她的**玩偶**了，因为她一直忘不了汤姆。约翰爵爷把汤姆的"躯壳"埋葬在凡谷小小的墓园里，那里埋葬的都是凡谷的老居民。老婆婆每个星期日都将亲自给墓碑送来花圈，一直到她老得走不动为止。那时，将有小孩子接替她的工作，每天替她挂上。每次她坐在那里织她的晚礼服时，总是唱着一首古老的歌曲，歌声很美，很凄凉。尽管听不懂歌词，孩子们也非常喜欢这首歌曲。

这首歌曲是这样唱的：

当世界还很年轻，孩子，
所有树木都是绿油油的，
每一只水鸟都是**天鹅**，

【赎罪】
抵消所犯的罪过。

【末日】
基督教指世界的最后一天，泛指死亡或灭亡的日子。

【玩偶】
人物形象的玩具，多用布、泥土、木头、塑料等制成。

【天鹅】
鸟，外形像鹅而较大，全身白色，脚和尾都短，脚黑色，有蹼。生活在湖边或沼泽地带，善飞，吃植物、昆虫等。种类较多，如大天鹅、小天鹅、疣鼻天鹅。也叫鹄。

每一个姑娘都是皇后,
骑上你的马吧,孩子,
到世界各地去遨游;
年轻的血液一定要流动,
就好像狗一定要出去溜。
当世界变得衰老了,孩子,
所有的树木都变黄,
一切游戏都变得无趣,
一切轮子也都不再有用,
那就爬回家吧,
找一个角落,
加入那衰老的一族;
上帝允许你找到一张脸,
那是你年轻时爱过的那个。

【游戏】

娱乐活动,如捉迷藏、猜灯谜等。某些非正式比赛项目的体育活动等也叫游戏。

【天使】

犹太教、基督教、伊斯兰教等宗教指神的使者。西方文学艺术中,天使的形象多为带翅膀的少女或小孩子,现在常用来比喻天真可爱的人(多指女子或小孩子)。

歌词只是歌的外壳,歌的灵魂就是老婆婆的脸,那张脸是那样的温柔,和温柔古典的声调配在一起,简直太美妙了。等到老婆婆终于走不动了,天使们过来,把她带走了。他们给老婆婆穿上了她自己缝制的礼服,一起抬着她飞过哈特荷佛府,飞向遥远美丽的地方。后来,凡谷又来了一个新老师。

汤姆这段时间始终都在河里,他不停地游

泳,他的颈上带着一个花边领子,非常好看,这时的他就像一条小黄鳝那样活泼可爱,比一条初生的小鲑鱼还要干净。

孩子们,如果你不喜欢我讲的故事,现在呢,就可以到教室里去了,去学习你的乘法表,或许你会比较喜欢那样的东西。当然了,有人喜欢,一定会有人不喜欢。就像他们所说的,这就是创立一个世界的规则。

【黄鳝】
鱼,身体像蛇而无鳞,黄褐色,有黑色斑点。生活在水边泥洞里。

奇妙的世界，可爱的伙伴

你知道什么是水陆两栖吗？如果去问你的老师，他会这样回答你："水陆两栖（Amphibious）是一个形容词，它的其中一个词根的意思是一条鱼，而另外一个的意思是一头野兽。那是我们祖先发明的一种动物，是一种鱼和野兽的混合体；比如说河马，既能在陆地上生活，也能在水里游泳。"

【两栖】

可以在水中生活，也可以在陆地上生活。

【河马】

哺乳动物，身体肥大，头大，长方形，嘴宽而大，耳小，尾巴短，皮厚无毛，黑褐色。大部分时间生活在水中，头部露出水面。生活在非洲。

汤姆现在就是水陆两栖动物了。他现在已经变得非常干净了。他第一次感觉到：身上什么都不穿是多么惬意。现在他忘记了自己过去的肮脏，忘记了所有的不幸、疲劳和饥饿、挨打和爬黑暗的烟囱。从他第一次到水里酣睡之后，他就把生命中碰到的一切，包括从下流孩子那里学到的下流话统统忘光了。他现在只觉得开心，从不会想到自己变成水孩子这件事。他的快乐就像我们现在一样，当我们出生来到这个世界时，其实并不记得以前的什么事。

生活在水里真是一件惬意的事情。这里的太阳从来不太热，冬天也不太冷。汤姆每天吃的大概是一些**水芹**，或者水粥和水奶吧！汤姆有时候沿着铺了沙的水路走，数着石头中间钻进钻出的**蟋蟀**；有时爬上**礁石**，看着成千上万的沙禽伸着美丽的小头和长腿，快乐地盘旋着；有时他躲进一个小角落，观察蜉蝣的幼虫吃枯树枝，看它们很香地吃着那些树枝，就像我们吃糕饼一样。这些蜉蝣们还会吐丝造房子，它们会把各种美丽的小石子、绿水草、贝壳们找来粘上。那些贝壳有些还活着呢，可是蜉蝣不管它们同不同意，粗暴地把人家拿来造

【水芹】
多年生水生宿根草本。夏季开白花，多数结实。性喜温暖湿润，嫩茎和叶柄可作蔬菜。

【蟋蟀】
昆虫，身体黑褐色，触角很长，后腿粗大，善于跳跃。尾部有尾须一对。雄的好斗，两翅摩擦能发声。生活在阴湿的地方，吃植物的根、茎和种子，对农业有害。也叫促织，有的地区叫蛐蛐儿。

【礁石】
河流、海洋中距水面很近的岩石。

房子。它们的房子因为原料的复杂,最后往往像爱尔兰人的大衣那样花花绿绿,到处都是补丁。

有的蜉蝣找到一根长稻草,就放在身体后面,假装是一条尾巴,后来那座池塘里的所有蜉蝣都流行起尾巴来了。它们的屁股后面全都拖着一根稻草,样子十分可笑。汤姆把眼泪都笑出来了。

在水里,汤姆见到了许许多多有趣的动物,遇到了许许多多有趣的事。汤姆有时会跑到那些水森林里去玩,其实这些水森林只是一些水草而已。不过你要知道,汤姆现在已经是一个身体很小的水孩子了,那些小水草也都像森林一样高大。因为所有的东西都在他的眼里放大了100倍呢!就好像那些小鱼们,在它们眼里很大的小虫子,我们要想看到就必须放在显微镜下面。

这是一片奇异的水森林,汤姆在这片森林里经常可以看见水猴子和水松鼠们,它们敏捷地在树枝中间走动。水森林里开放着姹紫嫣红的水花,美丽极了。有的像星星,有的像真正的花朵。可是,当汤姆伸手去摘的时候,水花们就缩成了肉冻。因为这些花都是活的,它们

【补丁】

补在破损的衣服或其他物品上面的东西。

【显微镜】

观察微小物体用的仪器,光学显微镜主要由一个金属筒和两组透镜构成,通常可以放大几百倍到几千倍。还有电子显微镜等。

全都像汤姆一样忙,没有时间跟汤姆一起玩。汤姆这时才知道,世界上有那么多他不知道的东西。

汤姆看到一个很奇妙的小东西在张望着。它圆圆的小脑袋从一圈砖头里向外伸出来。汤姆看见它的牙齿,那些细细的小牙齿像**齿轮**一样排列了一圈,真是好玩哦!汤姆停了下来,他想知道这些牙齿是用来做什么的。嘿!你猜猜是什么?原来它是用来做砖头的!这可太奇怪了,不是吗?你看看,这个小东西用它的两个小嘴巴收集起水底的泥浆,然后把它们吞下肚子去。这样一来,那些泥浆就被放在它胸口的一个小孔里不断地转啊转啊,一直转成一个圆滚滚的小砖头。接着它就把这块砖头放在小屋的墙下,接着再做一块。

你看,它是一个多么聪明的小东西啊!

汤姆睁大眼睛看着这个好玩的小东西。他太惊奇了,很想上去和小东西好好说说话。可是小东西多么忙啊,它根本没时间去注意汤姆呢!

小朋友,你要知道,生活在水底下的小动物们都是会讲话的哦!它们是怎么讲话的呢?当然不会像我们人类一样了,它们讲的话就好

【齿轮】
机器上有齿的轮状机件。通常是成对啮合,其中一个转动,另一个被带动。作用是改变传动方向、转动方向、转动速度、力矩等。

像牛、马、鸟之间交谈时的话一样。汤姆是个聪明的孩子，所以他到了水底不久就学会了这些小动物们的语言。而且呀，小汤姆还可以自由地跟它们交谈。如果汤姆是个好孩子，他一定可以交上很多好朋友的。但是不行，汤姆是一个调皮的小男孩。他像其他男孩子一样，喜欢**虐待**动物们。

千万不要以为小孩子天生就是不能管束自己的。这句话是不对的。因为小孩子必须要管住自己，而且他们一定能够管住自己。如果说他们天生就喜欢和那些顽皮、不懂事的**猴子**一样，喜欢捉弄别人的话，那不就是跟猴子一样愚蠢了吗？小孩子绝不可以捕捉和虐待动物的，否则罚恶仙人就会给他们一点点苦头吃。可是，汤姆不懂得这些道理，也不知道自己要吃些什么苦头。如果他知道了，我敢打赌他是不敢这么做的。这些苦头都是他们自找的，怨不得别人。

汤姆就吃了苦头。他总是向水里的动物们扔石子，还不停地骂它们，把那些小东西打得很惨。以至于后来小动物不再跟他玩了，全都躲了起来。汤姆就找不到一起玩的小伙伴了。

水里的仙女都想帮助他，教他学得礼貌

【虐待】
用残暴狠毒的手段待人。

【猴子】
哺乳动物，种类很多，外形略像人，身上有毛，多为灰色或褐色，有尾巴，行动灵活，好群居，口腔有储存食物的颊囊，吃果实、野菜、鸟卵和昆虫等。

些，可是按照水国的法则，这是被禁止的。汤姆只能自己去学习才能知道什么是好，什么是不好。所以小朋友们要记住，能教会自己的只能是我们自己。

有一天他发现了一条**石蚕**，把人家的漂亮房间给砸碎了，原因是他想看看里面有什么东西。旁边的石蚕们集体抗议："讨厌的淘气包！那个是正在**休眠**的石蚕，等半个月之后就要产卵了，可是你害得人家送了命！"

汤姆很害臊，偷偷地溜走了。可是，他变得更加淘气了。他不时地袭击小**鳟鱼**，吓唬它们，还想上前捉住人家，结果被鳟鱼的爸爸制止了。

后来，汤姆连一个伙伴也没有了。他很孤单，也很生气。有一天，他在一个河堤底下发现了一个很脏的丑八怪。汤姆从来没有见过这么丑的东西。它和汤姆一般高，还挺着一个大肚子，长了六条腿和一个难看得不能再难看的脑袋。长长的驴脸上有两个大大的突出的眼睛。汤姆上前去，开始嘲笑人家："你是个丑家伙！"然后对着人家做**鬼脸**。

这个长相丑陋的家伙毫不客气地把汤姆教训了一顿。它伸出一个长长的带着钳子的手

【石蚕】
属腔肠动物门中的珊瑚虫纲，石珊瑚目动物的旧称。

【休眠】
某些生物为了适应环境的变化，生命活动几乎到了停止的状态，如蛇到冬季就不吃不动，植物的芽在冬季停止生长等。

【鳟鱼】
生活在河流湖泊中，有赤眼鳟、虹鳟等种类。

【鬼脸】
故意做出来的滑稽的面部表情。

臂，一下子夹住了汤姆的鼻子。汤姆动弹不了了，大叫："放了我！"

"好的，"丑东西说，"你也要放了我，我要蜕变了。"

汤姆不懂得它为什么要蜕变，可他还是安静了下来。

汤姆静静地等待着小东西的蜕变，只见它努力地膨胀，从后背上裂开了一条缝，最后整个头和身子都钻了出来。

啊！这是一个多么美丽、纤细、柔软的小生命啊！它羞怯地环顾着四周，好像一个羞涩的少女。从丑陋的身体里居然钻出来这样美丽的生命！简直太让汤姆惊奇了。

当阳光照射到小东西的身上，它忽然变得强壮起来。在它的身上出现了神奇的漂亮的颜色，有蓝的、黄的和黑的。它的背上长出四只透明的褐色翅膀，两只大眼睛闪闪发光。

"啊，你真漂亮啊！"汤姆忍不住想去抚摸它。

"你不可以捉我！"它说。它告诉汤姆，现在的它已经是一只蜻蜓了，它要去捉所有的害虫，将要在阳光下享受它的一生。"多好哇！"它的大眼睛流露出无限的憧憬。

【蜕变】
（人或事物）发生质变。

【蜻蜓】
昆虫，身体细长，胸部的背面有两对膜状的翅，生活在水边，捕食蚊子等小飞虫，能高飞。雌的用尾点水而产卵于水中。幼虫叫水虿，生活在水中。是益虫。有的地区叫蚂螂。

【憧憬】
向往。

汤姆忽然很舍不得它走了。因为他没什么好朋友,他想和这个漂亮的小东西交个朋友。蜻蜓说它还会回来的,到时候再跟他讲讲旅途的见闻。

"天哪!这真是一棵大树啊!"在蜻蜓眼里,大码头就像一棵大树一样,因为它没见过除水草叶子以外的植物。

蜻蜓晚上真的回来了,和汤姆聊起了这一天的见闻。它滔滔不绝、海阔天空地讲述那些树林和草地上的奇妙事物,汤姆用心地听着。他们成了一对要好的好朋友啦!

从此以后,汤姆很久都没再虐待动物。于是,他有了很多好朋友。那些石蛾幼虫们也时常跟他交谈,讲它们换皮肤和变成飞虫的古怪经历。汤姆羡慕极了。鳟鱼们也跟他和好了,他们经常在一起玩游戏,玩得很开心。汤姆还会帮助好朋友去捉那些走钢丝绳一样的飞虫们,捉住了就送给鳟鱼吃。

可是后来,他和飞虫也成了好朋友,就不再去捉飞虫了。这完全是一件真事。

那是在七月的一个大热天里发生的事。汤姆正在水面捉着蜉蝣,忽然发现了一个小小的新东西。这个小东西神气活现地跳到汤姆的

形容大自然的广阔,也比喻想象或说话毫无拘束,漫无边际。

用几根钢丝绞成一股,再由几股绞成的绳,多用作起重的绳索。

指头上,厚着脸皮向汤姆叫着:"感谢你的好意,可我现在不需要。"

听到这个尖细的声音,汤姆吓了一跳。

他看见这个小东西骄傲地竖起了翅膀和尾巴,连尾巴尖也竖了起来。

汤姆还没有见过这么厚脸皮的呢,他吃惊地问:"不需要什么?"

"就是你的腿啊,你这么好心伸出来给我坐,可我要看我的妻子去了。唉!这个家真是麻烦!"(这个小混蛋其实什么都不管)"如果你还是这么好心,等我回来,我愿意坐坐。"

汤姆觉得这家伙很没有人情味。那个东西5分钟后就回来了。它跳上汤姆的膝盖,细声细气地和汤姆聊起来。

"水底下不是什么好地方,又冷又脏的。我还算争气,爬到水面上来了,还穿上了一套灰色的正派衣服,怎么样?"

"看起来很整齐,颜色也很好。"汤姆回答。

这个小东西接着**吹嘘**自己的家庭,还说自己的妻子是一个没有意思的人,因为她只知道生蛋。但是它自己,很想去见识一下花花世

【吹嘘】
夸大地或无中生有地说自己或别人的优点;夸张地宣扬。

【魔术】
杂技的一种,以迅速敏捷的技巧或特殊装置把实在的动作掩盖起来,使观众感觉到物体忽有忽无,变化不测,也叫幻术或戏法。

【野鸡】
鸟,外形像鸡,雄的尾巴长,羽毛美丽,多为赤铜色或深绿色,有光泽,雌的尾巴稍短,灰褐色。善走,不能久飞。种类很多,都是珍禽,如血雉、长尾雉等。有的地区叫山鸡。

界,跳跳舞,唱唱歌。"人为什么不去寻找欢乐呢?"它说。

很快,它蜕下原来的那层皮,换上了一套漂亮的晚礼服。它高兴地向汤姆炫耀着它的魔术,"我现在要去看看这个花花世界了。"它已经生得像一根鹅毛管子一样了,可是它依然很得意。就像很多外表漂亮的人物一样,它不停地唱着这样的歌:"妻子跳舞啊我唱歌,一天一天笑不停;聪明人做聪明事,苦闷愁苦都忘掉。"

三天以后,疲倦至极的它一头栽到了水里。汤姆听见它被水冲下去时,还在唱着"苦闷愁苦都忘掉。"谁又会把愁苦放在心上呢!

有一天,汤姆遇到一件好玩的事情。他先是听到一阵奇怪的声音,就好像是一个人把两只野鸡、三只豚鼠、九只老鼠和一只瞎眼的小狗放在口袋里一样,任由它们打个不停。后来他看见一个大圆球从上游滚来,走近一看,原来那并不是球,因为那东西有时会散成许多小块。蜻蜓是个近视眼,根本望不见它们。还是汤姆亲自跑到前面,看清楚了这个圆球原来是四五只美丽的水獭在玩耍。你如果有空的时

【豚鼠】

哺乳动物,外形略像兔而较小,有须,耳短,前肢短,后肢长,无尾,毛白色、黄色、黑色等不一,吃植物。也叫天竺鼠。

【近视】

视力缺陷的一种,能看清近处的东西,看不清远处的东西。近视是由于眼球的晶状体和视网膜的距离过长或晶状体屈光力过强,使进入眼球的影像不能正落在视网膜上而落在视网膜的前面。

【水獭】

哺乳动物,头部宽而扁,尾巴长,四肢短粗,趾间有蹼,毛褐色,密而柔软,有光泽。穴居在河边,昼伏夜出,善于游泳和潜水,吃鱼类和青蛙、水鸟等。

候，可以到动物园里去看看，水獭戏水的时候，是世界上最快乐和最风趣的动物。汤姆从来没有这么快乐地玩过，他都要看呆了。

可是里面最大的一只看见汤姆之后冲了出来，用它们的语言喊着："孩子们，这儿有吃的了！"说着就向汤姆游来。汤姆一边嘟囔"原来一个人的漂亮外表靠不住"，一边把身子藏到莲根中间，转身做了一个鬼脸。

老獭吓唬汤姆，可是汤姆使劲儿地摇着莲根，做着各种鬼脸，这让老獭很是恼火。它让其他的小水獭都走开，还说汤姆是只讨厌的水蜥。

"我不是水蜥。"汤姆转过美丽的小身体，果然没有水蜥的尾巴。这让老水獭很难堪。可是为了保全自己的面子，它坚持说："我说你是水蜥，你就是只水蜥，你等着鲑鱼来吃你吧！"老水獭张开血盆大口，"等鲑鱼吃了你，我再吃鲑鱼。"老水獭得意地笑了起来。"那些鲑鱼看见我们就变得驯服起来，我们就捉住它们吃。真是美味啊！"

汤姆担心自己真会被鲑鱼吃掉，他有些害怕。

老水獭信口开河，把汤姆吓唬了一番，

【动物园】
饲养许多种动物（特别是科学上有价值或当地罕见的动物），供人观赏的公园。

还说:"要是没有人,那该是多么快活的日子啊!"

"什么是人?"汤姆已经忘记自己曾经是人了。老水獭告诉汤姆关于人的很多坏话——怎样去捉龙虾和戳死她的丈夫。

老水獭忽然变得十分冲动,它庄重地向下游游去,慢慢地,汤姆也就看不见它了。水獭走后不久,河边来了七只小猎狗,它们粗暴地一面嗅,一面吠,大声叫唤着寻找水獭。汤姆一直等到这些狗走了才敢出来。他绝不会想到这些是水仙叫来救他的。

老水獭的一番话激起了汤姆对大千世界的好奇心,他一定要到广阔的大江大河里看看。于是,他向河的下游游去。

后来他又遇到了好些奇怪的事。

一天傍晚,天上下起了倾盆大雨,这可是前所未有的奇观,汤姆从来没有见过这么大的雨。这时,他看见水里涌起了很多浪花,还漂来了各种零零星星的东西,足以装满九个博物馆。

于是鳟鱼们出来了,贪婪地吞吃那些水蛭和甲壳虫;所有的大鳗都出来了,翻着身向下游游去,汤姆还能听见它们的话:"我们要

【龙虾】
节肢动物,身体圆柱形而略扁,长30厘米左右,色彩鲜艳,常有美丽斑纹。生活在海底。肉味鲜美。

【博物馆】
搜集、保管、研究、陈列、展览有关革命、历史、文化、艺术、自然科学、技术等方面的文物或标本的机构。

【水蛭】
环节动物,体狭长而扁,后端稍阔,黑绿色。生活在池沼或水田中,吸食人畜的血液。也叫马鳖。

赶，一定要赶。下海去吧，下海去吧！"老水獭也带着小水獭们来了，最让人惊奇的是，汤姆瞧见了三个美丽的小姑娘，顺着水流一面往下游，一面大声地唱着歌"下海去呀！"很快就过去了。就在这千分之一秒的时间里，汤姆望见了她们。

"等等我！"汤姆大声喊了起来。可是小姑娘已经越走越远了。汤姆听见她们清脆的声音还在回荡，"下海去呀！"

"我也要下海去了。"汤姆想。汤姆和鳟鱼道别，可鳟鱼忙着吃小虫，连回答一声都来不及。汤姆顺着风雨中的电光和奔腾的洪流向下游游去。勇敢的汤姆冲过大鳟鱼的嘴巴、狭窄的山峡和怒吼的瀑布，经过沉睡的村庄和黑暗的桥洞。在经过桥洞的时候，洞穴中有一些大鳟鱼冲了过来，要把汤姆当做美食。可是仙女毫不客气地批评了它们一顿，因为它们这么大，居然还欺负一个小水孩子，简直没有道理。

汤姆继续前行，在经过狭窄的山峡时，那些流动的水波把汤姆的耳朵、眼睛冲得失去了听觉和视觉。汤姆快要喘不过气了。可是，汤姆从来没想过要停下来，因为他要到广阔的大

【山峡】
两山夹水的地方；两山夹着的水道。

【瀑布】
从山壁上或河床突然降落的地方流下的水，远看好像挂着的白布。

海去,见识他从来没有见过的世界。

历尽了种种艰辛,天亮的时候,汤姆发现自己到了鲑鱼河。

不久,汤姆到了一个宽阔的河面上,这里四处望不到岸。"这里该不会就是大海了吧?"汤姆心里有点儿害怕,"如果我再游下去,会不会迷路呢?会不会被怪物吃掉呢?"汤姆决定先停下来,找水獭或者别的动物们问问路再说。

于是,他稍微往回游了一段路,在河流开始宽出来的地方,静静地等待一个人来问路。可是他没有看见任何人,大家可能都下去很远了。

汤姆现在十分疲倦,奔波了一夜的他决定去睡觉。当他醒来,河水已经变得十分清澈,就像**琥珀**那样透明。这时,水里来了一样可怕的东西,"啊!"汤姆惊叫起来。这不就是他一直想见的鲑鱼吗?这个鱼真大啊!比汤姆要大上一百多倍呢!它从头到尾都像白银一样白,长着一只大钩鼻子和弯曲的嘴唇,一双眼睛十分明亮,就像一个国王那样威严,真不愧是"水中之王"啊!

那条鱼本来是逆水行进,却和汤姆顺水下

【琥珀】
古代松柏树脂的化石,淡黄色、褐色或红褐色的固体,质脆,燃烧时有香气,磨擦时生电。用来制造琥珀酸和各种漆,也可做装饰品,可入药。

去一样便利。汤姆很害怕，可是鲑鱼并没有游过来伤害他。它只是迎面望了一眼汤姆，就又向前游去。

接着很多鲑鱼都来了，它们摆动着银色的尾巴，用力击打着水流，沿着河流向上游去，河水激荡，闪烁出无数的银色浪花。在中午阳光的照射下，这一刻简直美丽非凡，汤姆看着这些美丽的画面，开心极了。

后来又来了一条很大的鲑鱼。那是所有的鲑鱼里面最大的，也是最漂亮的一只。它身上没有一点儿红斑，从头到尾都是纯银色。

汤姆听到大鲑鱼和它的同伴说话了。大鲑鱼用温柔的声音跟同伴说："亲爱的，开始的时候你一定不能用力过度。你看你现在的样子，一定是疲倦了，来这块石头后面休息吧！"汤姆看见它们向他藏身的石头这边游了过来。

知道吗？小家伙，这就是鲑鱼的妻子。鲑鱼就像很多正派的人们一样，自己选择妻子，而且很爱妻子。它们会为了妻子作战和做事，忠诚地为妻子效力。

它们是这样的高贵——有高贵的感情，绝不同于那些庸俗的鲤鱼和梭鱼。汤姆后来也认

【鲤鱼】
体侧扁而长，背部苍黑色，腹部黄白色，有的尾部或全身红色，口边有须两对。是我国重要的淡水鱼。

识到了这一点。

最初，鲑鱼瞧见汤姆的时候，先是恶狠狠地望着他，好像要赶走他。可当汤姆这么说"我就是想看看你，因为你是这样美啊！"的时候，鲑鱼有礼貌地道歉了。它还是一个**绅士**呢！

"真是对不起，小乖乖。"鲑鱼说，"我从前也遇见过你们中的一两位，都很规矩。最近呀，我还受了他的大恩，正准备报答他呢！"这个有教养的老鲑鱼用温柔的语调跟汤姆说着话，"我们在这儿不妨碍你的事吧？"

汤姆听了感觉很舒服。于是就问鲑鱼："你见过我的同类吗？"

"是啊是啊，小乖乖。"鲑鱼说，"我看见过好几次呢！昨天晚上一个水孩子还带我们绕过人类布下的网，救了我们一命呢！"

小汤姆听说水里还有别的水孩子，高兴得**手舞足蹈**："这么说我有小伙伴一起玩了？真妙啊！"

雌鲑鱼很惊奇，"上游没有水孩子吗？"

"没有啊，我多么想找个小伙伴一起玩啊。昨天夜里我好像看见了三个，可是她们一眨眼的工夫就跑了。她们一定是下海去了，所

【绅士】
指旧时地方上有势力、有功名的人，一般是地主或退职官僚。

【手舞足蹈】
双手舞动，两只脚也跳起来，形容高兴到极点。

以我也要下海。"

当汤姆说到自己从前的伙伴都是蜉蝣、蜻蜓和鳟鱼的时候,雌鲑鱼说:"它们都是些庸俗的人,别跟它们玩,小乖乖。"不过它们都承认,汤姆并没有染上什么不良习气。

原来鲑鱼们很讨厌蜉蝣、蜻蜓和鳟鱼。据老鲑鱼说,蜉蝣是讨厌的六条腿的东西,蜻蜓也是,吃起来没有一点儿味道。而鳟鱼更是讨厌。每当说起鳟鱼的时候,鲑鱼的眼里总是流露出一种**鄙夷**的神色来。

汤姆很想知道为什么它们这么不喜欢鳟鱼。

"小乖乖,我们只要能不说它们的名字,就一定不去说。虽然我们是**亲戚**,可它们只能丢我们的脸。很多年前我们长的一样,可是它们十分懒惰,而且十分贪嘴。它们不愿意去深海里见识大世界,就躲在浅水里,变得又脏又黄。它们还不管什么都吃呢!"

"后来呀,它们还想跟我们攀亲戚呢!还有一个不要脸的鳟鱼竟然向我们的一个雌鲑鱼求婚。"雌鲑鱼愤愤地说。

"我希望我们**家族**的女子,都不要理睬这个东西。一旦我发现有**越轨**的人,我就把双方

【鄙夷】

轻视;看不起。

【亲戚】

跟自己家庭有婚姻关系或血统关系的家庭或它的成员。

【家族】

以婚姻和血统关系为基础而形成的社会组织,包括同一血统的几辈人。

【越轨】

(行为)超出公共道德或规章制度所允许的范围。

都杀死,这是我的责任。"雄鲑鱼义正词严地说道。

【义正词严】

道理正当,措辞严肃。也作义正辞严。

大海那里有水孩子吗

汤姆现在要向下游了,因为他想去寻找大海,寻找其他的水孩子。汤姆临走没有忘记告诉鲑鱼们要当心那个恶毒的老水獭的话,鲑鱼就去了上游。

汤姆这时已经感受不到仙人们美丽的手的抚摸,听不到仙人们温柔的呼喊了。可是,仙人们时刻都在给他引路呢!因为这里离大海有很远的路途，如果没有仙人的帮助，他恐怕永远也不会游到大海。

九月里一个美好的夜晚，汤姆又遇到了一件奇怪的事。汤姆怎么也睡不着，只好跑到水面上去看月亮，想象着月亮上能有什么东西。这时草地上洒满了银色的月光，给草地罩上了一层白纱。河面上微波荡漾，猫头鹰低声地叫着，水鸟在歌唱，狐狸在欢笑。远处传来石楠甜蜜的香气。汤姆尽情地欣赏这美丽的风景，心里有说不出的开心。

水面上忽然出现了一片绚烂的火焰来，这是什么？汤姆好奇地凑过去看。他看见火光在一块矮石头上停住了，五六条鲑鱼眼睛望着火焰，高兴地摆着尾巴。

汤姆本想浮到水面上，近距离欣赏一下这种奇景，但他立刻就钻进了水里。因为他听见一个人的声音："那还是一个美人啊！"

汤姆虽然是个水孩子，听不懂人的话，可是他还是觉得声音很熟悉，好像还知道说话的人是谁。他看见了岸上的三个人，其中一个手里拿着火把，另一个拿着长鱼竿。汤姆很害怕，他爬进一个石洞里，从洞口可往外看发生了什么事。

【猫头鹰】

鸟，身体褐色，多黑斑，头部有角状的羽毛，眼睛大而圆，昼伏夜出，吃鼠、麻雀等，对人类有益。常在深夜发出凄厉的叫声，迷信的人认为是一种不吉祥的鸟。有的地区叫夜猫子。

【狐狸】

哺乳动物，外形略像狼，面部较长，耳朵三角形，尾巴长，毛通常赤黄色。性狡猾多疑，昼伏夜出，吃野鼠、鸟类、家禽等。常见的有赤狐和沙狐。

【火焰】

燃烧着的可燃气体，发光，发热，闪烁而向上升。其他可燃体如石油、蜡烛、木材等，燃烧时先产生可燃气体，所以也有火焰。通称火苗。

拿火把的人弯下腰，趴下去仔仔细细瞧了一会儿，兴奋地说："捉住那个大家伙，小伙子。乖乖，它差不多有15磅呢！"

汤姆感觉事情有些不妙了。可是那些愚蠢的鲑鱼还是像着了魔似的，睁着眼睛望着那火光，汤姆还没拿定主意是不是要警告它们，那根长竿子已经穿进了水里。在一阵可怕的激荡声和挣扎声过后，汤姆看见最大的那条鲑鱼已经给戳穿了身体，被人提出了水面。

后来又来了三个人，他们好像是吵架了，还动手打了起来，嘴里互相骂着对方很多难听的话。他好像听见过这些话，但是他现在觉得十分厌恶。他讨厌这些人。

汤姆现在庆幸自己是个水孩子，他终于不再是那个扫烟囱的小黑孩，这些打骂已经和他没有什么关系了。忽然他听到水里"哗啦"一声，一个人扑通掉到了水里。原来是那个拿火把的人。汤姆听见岸上的人似乎在找他，可是那个人沉到了水底，一动不动。汤姆鼓起勇气走上前，想看看那个人是谁。当他望着这个人时，他的记忆复活了，想起了这人是他从前的师傅葛林。

汤姆转身就走，他害怕葛林也变成水孩

【火把】
用于夜间照明的东西，有的用竹篾等编成长条，有的在棍棒的一端扎上棉花，蘸上油。

【磅】
英美制质量或重量单位，符号lb。1磅等于16盎司，合0.4536千克。

子，找到他再来打他。汤姆赶快朝上游游了一段，夜晚在一棵赤杨树的树根下过夜。因为不放心，第二天汤姆又跑过去看了两次。最后一次葛林先生不见了。可怜的汤姆以为师傅一定是变成水孩子走了。

葛林当然没能变成水孩子，因为这种人，仙人对他有一个特别的安排，就是把他放在水里泡上24个小时。所以，孩子们，等你长大成人之后，千万不要像葛林这样，去偷人家河里的鱼或者别的东西；你做一个好人，别人也会按照好人的标准对待你。这样别人就不会把你打入河里了。

汤姆一直向下游游去，他想离葛林远远的。这一次，他看见山谷中到处都很凄凉。秋天已经到了。树上的叶子纷纷落下来，河里还漂着许多苍蝇和甲虫的尸体。秋天的寒雾一片片地压着山顶，密密地遮住了人们的视线。汤姆在水中游着，经过了很多大桥和船舶，经过了他曾经扫过烟囱的城市和城外的码头。他总是害怕自己再次变为一个扫烟囱的孩子，他不希望被人们发现。幸好他有仙人在暗中保护，使他总不能被人们发现。他现在想回到凡谷，但已经不可能了。过去的事情永远地过去了，

【山谷】
两山之间低凹而狭长的地方，中间多有溪流。

【雾】
气温下降时，在接近地面的空气中，水蒸气凝结成的悬浮的微小水滴。

不会再有第二次。人只能做一次孩子，也只能做一次水孩子。

勇敢的汤姆从来不知道什么是失败。他一刻也没有停止前进的脚步。功夫不负有心人，有一天，他隔着浓浓的雾气看见了一个红色的浮标。就在一瞬间，他发现水流已经倒转了过来。他还不知道，这是因为潮水引起的。他周围的水忽然间就变成了咸的。他觉得自己一下子变得充满了活力。他想跳起来，再翻几个跟头。还是哲学家说得对，海里的咸水是孕育生物的母亲。

汤姆现在想到那个红色的浮标那里去。他才不管什么潮水呢！他朝那里游去的时候，遇见了成群的鳘鱼和鲻鱼，他并不打算理会它们，而那些鱼也不理他。有一次他撞见了一头大海豹，汤姆彬彬有礼地搭话，结果海豹也没有咬他，还用温柔的声音跟他说话："你好啊，小朋友。你在找哥哥姐姐吗？我刚才还遇见他们了呢！"

"太好了！我终于找到伙伴了！" 汤姆爬上浮标，四面望去，想寻找别的水孩子，可是没有找到。这时候清新的海风吹来，波浪在跳舞，海鸥在欢笑。可是，他依然没有发现水

【浮标】

设置在水面上的标志，用来指示航道的界限、航行的障碍物和危险地区。

【鳘鱼】

体稍侧扁，头大，尾小，下颌有一根须，背部灰褐色，有许多小黑斑，有三个背鳍，腹部灰白色。肝可制鱼肝油。

【鲻鱼】

鱼，身体长，前部圆，后部侧扁，头短而扁，吻宽而短，眼大，鳞片圆形，没有侧线。生活在浅海或河口咸水和淡水交汇的地方。是常见的食用鱼。

【海豹】

哺乳动物，头圆，四肢扁平像鳍，趾间有蹼，尾巴短，毛灰黄色，带棕黑色斑点。生活在温带和寒带沿海。

孩子。他太想找到一个伙伴了，有时候找到的却是<mark>比目鱼</mark>或是贝壳。汤姆伤心极了。他走了这么远的路，遇到这么多的苦难，却还没有找到！小朋友，有一天你会懂得，人要想达到自己的目标，就一定要等待和努力。小孩子也是这样的。

坐在浮标上的汤姆经常会独自想象那些水孩子，盼望有一天他们突然就冒出来了。他路过每个东西时都想打听水孩子的下落，可是它们也不知道。

有一天游来一大群紫色的<mark>海螺</mark>，美丽的背上背着一块<mark>海绵</mark>。汤姆拦住它们问道："美丽的海螺，你们从哪里来啊？看见过水孩子吗？"

"我们也不知道自己从哪里来，至于要往哪里去，谁都不好说，"海螺回答，"我们终生在海里漂流。只要有温暖的阳光和<mark>海流</mark>，这就是我们最大的满足了。至于水孩子嘛，我们也许见过呢！因为我们见过太多的新奇事物啊！"

说完这些，那些美丽的海螺一个个全都上了沙滩，这一群快乐的蠢物啊！

这些小海螺们刚走，就来了一条大大的<mark>翻</mark>

【海鸥】

鸟，头和颈部褐色，翅膀外缘白色，内缘灰色，躯干白色，爪黑色。常成群在海上或内陆河流附近飞翔，吃鱼、螺、昆虫等，也吃谷物和植物嫩叶。

【比目鱼】

鲽、鳎、鲆等鱼的统称。这几种鱼身体扁平，成长中两眼逐渐移到头部的一侧，平卧在海底。也叫偏口鱼。

【海螺】

海里产的螺的统称。形体一般较大，壳可做号角或手工艺品。

车鱼。可以看得出来,这是一条懒惰的鱼。它的身体很胖很大,就像半头肥猪。它们的的确确像一头肥猪被切开以后,放在衣服夹板里夹扁了一样。它的身体几乎和它的鳍一样大,嘴却很小,跟汤姆的小嘴差不了多少。

"亲爱的鱼先生,"汤姆彬彬有礼地问道,"你见过水孩子吗?"

这条鱼尖着嗓门回答道:"哎呀,我一定是迷路了。你看,我本来是要去齐萨比克湾的,可是我一定弄错了。这都是那条舒服的温暖的海流把我带到这里的。天哪,我一定迷路了。"

等到汤姆再问,这条懒惰的鱼就回答:"不要跟我讲话。我迷路了,现在需要开动脑筋,想想回去的路。"

哈哈,这条鱼就像很多懒惰的小朋友一样,越是要说开动脑筋,越是想不出好办法。你看,现在它就在这附近跌跌撞撞,一会儿碰到这里,一会儿撞到那里。最后还是被海边的人看见了,他们用一根很长的鱼叉刺进了它的身体,把它带到城市去。这看来是一桩不错的买卖。因为这些人将要拿它作为展览,别人看一眼都要掏钱的。这样一来,一天他们就能赚

【海绵】

低等多细胞动物,种类很多,多生在海底岩石间,单体或群体附在其他物体上,从水中吸取有机物质为食。有的体内有柔软的骨骼。

【海流】

海洋中朝着一定方向流动的水。也叫洋流。

【翻车鱼】

也叫翻车鲀,体侧扁,呈卵圆形,背鳍和臀鳍高大相对,无腹鳍,尾鳍退化。为大洋漂浮性鱼类,主食浮游动物,也食小鱼。

到不少钱。

接着海里游来了一大群海豚，它们一面游泳，一面调皮地玩耍。看来这是一个海豚家族，一家子里有爸爸、妈妈，还有一大堆孩子。这些海豚们全身油光闪闪的。为什么会这样呢？因为海里的仙人每天都要给它们的身上打蜡呢！汤姆望见它们游了过来，赶忙上前去问："你们看见水孩子了吗？"可是它们只是轻轻叹息，还只会重复说一句话："嘘——"，为什么呢？因为它们只会说这一句话呀！

一群鲨鱼过来了，它们是来晒太阳的。这些鲨鱼的身体很长，汤姆心里有些害怕呢！即使这样，小汤姆也要向它们打听一下。这些鲨鱼们啊，都是一些出名的懒虫。不过它们的脾气很好啊，它们跟那些凶恶的地鲨鱼、白鲨鱼、锤头鲨不同，跟那些长尾鲨、冰鲨们也不同。这些鲨鱼们来到这里，用自己身体的两鳍轻轻擦着那个红色的浮标，还用背上的鳍晒太阳。它们向汤姆眨巴着眼睛，舒服地来回擦着背。汤姆很想跟它们搭话，可是这些鲨鱼吃了太多鲱鱼，所以现在变得痴呆起来。

这时，有一只二桅帆船驶来了，这个船上

【海豚】

哺乳动物，身体纺锤形，长达2米多，鼻孔长在头顶上，喙细长，前肢呈鳍状，背鳍三角形。背部青黑色，腹部白色。生活在海洋中，吃鱼、乌贼、虾等。

【鲨鱼】

鱼，身体纺锤形，稍扁，鳞为盾状，胸鳍、腹鳍大，尾鳍发达。生活在海洋中，性凶猛，行动敏捷，捕食其他鱼类。

【鲱鱼】

鱼，身体侧扁而长，背部灰黑色，两侧银白略带绿色，没有侧线，生活在海洋中。是重要的经济鱼类。

装满煤炭,结果把鲨鱼们全吓跑了。这些鲨鱼浑身腥臭,把汤姆熏得头晕眼花的。

汤姆还遇见过一个美丽的东西,它的形状就像一根纯银的丝带,神气好像很憔悴。汤姆很好奇,上去和它搭话。

"美丽的小东西,你从哪里来?"汤姆问,"你怎么这样没精打采的?"

它没精打采地回答说,它是从温暖的南卡罗来纳州来,然而受到暖流的欺骗,碰上了寒冷的冰川,在冰川中迷了路,而且这些路被冰川冻僵了。是那些善良的水孩子把它从冰川中救了起来。现在它已经慢慢好起来了,"不过还是没有精神力气。"它说,神情很沮丧。

汤姆终于听到了水孩子的信息,他高兴地喊了起来:"你见过水孩子呀!"汤姆说,"是在这附近吗?"

"我见过啊,昨天他们就在这里救了我呢!"

原来水孩子就在附近!可是这么多天了,汤姆为什么从来没有发现呢?

然而他还是找不到。汤姆心情沮丧地离开这里,心情烦躁起来。于是他离开浮标,沿着沙滩和礁石寻找。在每一个白天和夜晚,他哭

【暖流】

从低纬度流向高纬度的海流。暖流的水温比它所到区域的水温高。

【冰川】

在高山或两极地区,积雪由于自身的压力变成冰(或积雪融化,下渗冻结成冰),又因重力作用而沿着地面倾斜方向移动,这种移动的大冰块叫做冰川。

哭啼啼地叫唤着，但是永远没有人回答他。他每天这样流眼泪，精神慢慢地委靡起来。

他经常在礁石中间寻找伴侣，这次他找到了一只龙虾。汤姆觉得它是世界上最可笑的动物。对于这种可笑的东西，你就是集合世界上所有天才的科学家和富于幻想的文学家们，也创造不了。它会用长瘤节的螯夹着海藻，用像锯齿的螯切开海藻；龙虾还有很了不起的轻身功夫，假如它想跳进一条石缝里，它就会把尾巴朝着石缝，放平两根长触须，身子伸直，然后瞅准方向，预备，起跳，身子像一颗子弹一样投向石缝。那动作极其优美和娴熟。

汤姆也向它打听水孩子的事，它说自己见过，但是它从来不把这些水孩子放在眼里。它很有一些自命不凡，甚至对汤姆也总爱理不理的。可是，像它这种人总有一件特别让人懊悔的事，这是所有自高自大人的下场。不过现在我们暂且不说。现在的汤姆很寂寞，又没有人可以说话，所以经常和龙虾在一起聊天。汤姆不知道，又一件很大的祸事在等着他，这件祸事的后果十分严重，以至于他无法和水孩子见面了。

大家一定还没有忘记开头说到的那位白净

【委靡】

精神不振；意志消沉。也作萎靡。

【螯】

螃蟹等节肢动物的变形的第一对脚，形状像钳子，能开合，用来取食或自卫。

【海藻】

生长在海洋中的藻类，如海带、紫菜、石花菜、龙须菜等。有的可以吃或入药。

的小姑娘爱丽吧！这天她像平时一样，穿得白白净净，她是一个可爱的小姑娘。现在已经是十二月，家里人都没有空闲陪着她玩。她每个星期有四天要打猎，另外两天做**法官**，开慈善救济会。每天回到家，5点就吃晚饭，吃完晚饭就睡觉。家里的人一天到晚都跟她讲不上一句话。她睡觉的时候能打很响的呼噜，简直能把烟囱上的煤灰都震落下来。

爵爷太太很不满意现在的生活，她不能够跟爵爷谈上一句话，家里整天死气沉沉的。于是，她决定不管爵爷了，独自带着女儿上海边去。

她去哪里了？我们现在还不能够说出来，要不然年轻的姑娘们都会想那地方有水孩子，也想去那里养水孩子了。这样水孩子就很有可能被那些**英国**的小姑娘们糟蹋死。这可是一件不道德的事。

一天，小姑娘和一位老教授在海边散步，她们走过了汤姆和好朋友龙虾经常坐的礁石。老先生本来是位仁慈憨厚的**动物学**家，可他有一个毛病，就是雄知更雀的一个毛病。我们知道，雄知更雀只要看见人家找到稀奇的虫子，就会围着人家跳跃，硬说是自己找到的。

【法官】

法院中审判人员的通称。我国的法官分为十二级，最高人民法院院长为首席大法官，二至十二级分为大法官、高级法官、法官。

【英国】

大不列颠及北爱尔兰联合王国的简称，位于大西洋中的不列颠群岛上，面积24.41万平方千米。英国是世界工业最早发展的国家之一，目前工业仍在国民经济中占主要地位。畜牧业和捕鱼业也很发达。首都伦敦。

【动物学】

生物学的一个分支，研究动物的形态、生理、生态、分类、分布、进化及其与人类关系。

老教授和约翰爵爷成为好朋友，而且教授很喜欢他的孩子。爵爷和太太都不懂生物学的知识，但是他们觉得孩子应该知道一些。所以，老教授经常在海边散步的时候指给小爱丽各种美丽的东西。

可是小爱丽不喜欢这些东西，她想和活的孩子玩，有时宁愿和她的玩偶玩，因为至少她可以假装玩偶是活的。

她对老教授说："我喜欢能够陪我一起玩的活的东西，如果水里能够像古时候那样有水孩子的话，那该多好啊！"

"水里怎么会有水孩子？"老教授说，他告诫爱丽这是不可能的。

"有的，"爱丽坚信，"我知道的，从前水里就有孩子，还有各种美人鱼和男人鱼。我在家里的画上就见过呢！那幅画就是"嘉于蒂亚的胜利"。这画太美了，我无数次地幻想过。画上的事情一定是真的。"

老教授可是一点儿也不同意。他觉得所谓的天使、魔鬼、仙人、美人鱼，都是胡说八道。

老教授想爱丽一定是个笨孩子，因为她不但不信老教授的话，还要反复提出同样的问

题。

"为什么呢?世界上为什么没有水孩子?"

"因为没有。"老教授好像脚底踩上了一片尖尖的硬壳那样,生硬地回答道。

可是,他偏偏捞到了小汤姆。这简直太巧了。老教授说一定是海参,或者就是乌贼。

"我可不是乌贼!"小汤姆用力地挣扎,他可不愿意人家给他这么坏的名字。

"这是个水孩子啊!"爱丽叫道。

这当然是真话。可是老教授为了顾全自己的面子,坚决不承认。其实,老教授也在心里承认了这个水孩子,但是如果真承认了,那不就证明他刚才的话是错的吗?老教授本来是一个心地善良的老人,他也很想把汤姆带回去,放在一个小小的木桶里养着。他也许会跟水孩子好好玩,还会写一本关于水孩子的书。他也许要给这个水孩子起两个长长的名字,第一个名字是水孩子的,第二个呢,就要跟自己有关了。因为生物学家们把短名字都用光了,老教授只好去用长名字。这些生物学家们,老是喜欢把一种东西分成很多很多种,可哪有那么多的名字给他们呢?所以短名字全都被用光

【海参】

棘皮动物,身体略呈圆柱形,柔软,口和肛门在两端,口的周围有触手。生活在海底,吃各种小动物。种类很多,常见的有刺参、乌参、梅花参等。有的是珍贵的食品。

【乌贼】

软体动物,身体椭圆形而扁平,苍白色,有浓淡不均的黑斑,头部有一对大眼,口的四周有十只腕足,腕足内侧有吸盘,体内有囊状物能分泌黑色液体,遇到危险时放出,以掩护自己逃跑。俗称墨鱼或墨斗鱼。

了。

现在让我们设想,如果老教授这样对爱丽说:"对了,这就是一个水孩子啊,这是很新奇的。你看,我工作了40年,还是第一次见到呢。我刚刚告诉你没有水孩子,可是果然就有了一个,这证明我的知识多么贫乏啊!"小爱丽一定会更加敬重他。

老教授可不这样想。他不知道该怎样处置汤姆,他很想留下汤姆,可是又恨自己捉到了汤姆。他**无可奈何**地用指头捣了一下汤姆说,"小姑娘,昨天晚上是不是梦见了水孩子呀,所以看到什么都觉得是水孩子。"

汤姆害怕地闷声不响。他的小脑瓜里总是装着这样的想法:只要被穿衣服的人捉着,一定也会被人穿上衣服,他害怕自己再变做一个肮脏的扫烟囱小孩,他一点儿也不想变回来。可是他实在忍受不住老教授捣他这一下,他勇敢地反扑过来,狠狠咬了老教授的指头一下。

老教授终于有借口扔掉汤姆了。于是,他借机把汤姆扔到了海里。

小爱丽伤心地去追汤姆,可是一不小心,在礁石上滑了一跤,她的头撞上一块尖尖的石头,接着就躺在地上一动也不动了。小爱丽回

【无可奈何】
没有办法;没有办法可想。

去以后还是睡在那里一动不动,有时嘴里还喊着水孩子的名字。

一个星期后一个月朗风清的夜晚,仙人们从窗子里飞进来,带给爱丽一双翅膀。

爱丽把翅膀装上,她飞出窗子,飞过陆地,飞了很远很远,她就这样飞走了,以后再也没有人听说过她的消息。

我爱仙人妈妈

小朋友们一定很想知道小汤姆的情况吧？我们从上面已经知道了他是从礁石上溜到水里去的。现在，他回到了水里，却总是禁不住想念可爱的小爱丽，尽管他并不认识爱丽，可是他知道爱丽是一个小女孩子。汤姆整天都在想念她，并且盼望能和她一起玩耍。

当然了，关于他的故事很多，下面我们便

不得不说一说这段关于他的故事。这段故事第二天就在水里最好的一份报纸《水报》上发表了。

汤姆遇见了那位自高自大的老朋友龙虾，不过可不是在石缝里，而是在一只绿枝条编的圆**笼子**里。汤姆看见这位昔日骄傲的朋友被关在笼子里，满脸都是羞愧的神色。

汤姆以为这一定是因为龙虾太顽皮了，所以被关了起来。

龙虾一脸沮丧地说："我跑不出来啦。"

"可是你为什么要进去呢？"汤姆想不通。

"还不是因为这块可恶的死鱼！"龙虾后悔不迭。原来，因为它在笼子外面转悠的时候，觉得这块鱼看起来很好吃，为了美食，龙虾总是很勇敢的。可是一进去它就出不来了。它现在倒过来骂这块鱼来，再也不感觉它好吃了。

可是它从哪儿进去的呢？汤姆也很惊奇。

"就是从那个圆洞里来的啊！"龙虾说。

"那就还从洞里出来啊！"汤姆回答。

"可我就是出不来嘛！"龙虾生气地搓着两只**触须**。

【笼子】

用竹篾、木条、树枝或铁丝等制成的器具，用来养虫鸟或装东西。

【触须】

昆虫、软体动物或甲壳类动物的感觉器官之一，生在头上，一般呈丝状。

龙虾老老实实地承认了它逃跑的经过："我不断地向上跳，向下跳，向后跳，向两旁跳，跳了大概四千遍，总是跳在这下面，不能出去。"

汤姆和我们一样聪明，所以他望了望这个笼子，一下就明白是怎么回事了。

汤姆决定救它，可是龙虾很笨，连洞也找不到。它没有办法把自己的尾巴伸出洞外，好让汤姆抓住尾巴拽出来。汤姆好不容易找到了它的尾巴，本来想把它拖出来，没想到被这个蠢东西拖到了笼里。

还是汤姆聪明，他建议龙虾用大螯把笼子的尖刺统统钳掉，这样他们就能顺利出去了。小朋友，你要知道，一个人不仅要有经验，更要有聪明的头脑和智慧才行呢！要不然，你见识了整个世界，可还是没有多大成就。

两个人费了好大的劲儿，好不容易把尖刺拔掉了几根。

这时那个可恶的老水獭又来了。我们知道，汤姆曾经关照过鲑鱼要小心老水獭，所以老水獭就怀恨在心，认为是汤姆泄漏了它的行踪。老水獭一见到汤姆，就要给他点儿厉害尝尝。

【经验】
由实践得来的知识或技能。

眼看老水獭已经钻进笼子，汤姆吓得脸色都发白了。谁知道勇敢的龙虾先生立刻用钢铁一样的大螯钳住了老水獭的头。龙虾死死地揪住老水獭，老水獭紧紧地揪住龙虾，可怜的汤姆被它们挤过来，推过去，推过来，再挤过去，汤姆连一口气都透不过来了。汤姆终于爬上老水獭的脊背，从洞里安全地跑了出来。

终于，**罪大恶极**的老水獭得到了它应有的下场——被夹死在了水中。现在，汤姆看到龙虾的尾巴竖在那里，就想替它拔出来。可是龙虾还是不肯放松。就在这个时候，一个渔人提着笼子来到了船边。这个渔人一定是准备把龙虾当做猎物了。谁知道龙虾一看见渔人，"嗖"一下就挣脱笼子，飞一样地逃跑了。最后，它安全回到了海里。可是它发现自己的那只长满了瘤节的螯丢掉了。小朋友知道为什么吗？因为它的笨脑袋从来就没有想过要松手，最后只好把自己的螯丢掉逃跑。

汤姆觉得很好笑，问它为什么想不起来松开手。龙虾毅然决然地回答他，这是它们家族的原则问题，必须遵守。

紧接着就来了一件天大的喜事，你猜是什么？汤姆和龙虾分开不多一会儿，就撞见了第

【罪大恶极】
罪恶严重到极点。

一个水孩子！汤姆为寻找水孩子历尽了这么多艰辛，总算有结果了。

这真是一个美丽的水孩子呢！她正在玩弄一块小石子呢，一抬头就看见了汤姆。她惊奇地喊道："呀，我怎么没有见过你呢？你是个新的水孩子吧？真好玩啊！"说着就跑过去和汤姆抱在一起，两个人亲热的样子，好像很早就认识了似的。

汤姆望着这个真正的水孩子，忽然感觉很熟悉。他想了想，以前好像也见过的，可是总把他们当做贝壳或者别的什么动物，直到今天，他才认出这些原来就是他一直在寻找的水孩子。你说奇怪不奇怪啊？为什么汤姆非要救完龙虾才能找得到水孩子呢？

孩子，动脑筋好好想一想，你就会明白了。现在先不告诉你们，是为了让你们自己思考啊！

汤姆和那个水孩子一起，在那块笨重的大圆石上栽上了各种海草、珊瑚和海葵。他们要把这块石头变成海上最美丽的花园。两个人开心地做着这一切，笑声就像浪花一样，在四处回荡。现在他知道了，自己的眼睛其实一直都看得见他们，耳朵也听得见他们的声音，只是

【珊瑚】

许多珊瑚虫的石灰质骨骼聚集而成的东西。形状有树枝状、盘状、块状等，有红、白、黑等颜色。可供玩赏，也用作装饰品。

【海葵】

腔肠动物门，单体，无骨骼。触手数目为六的倍数，在口周排成数轮，伸展时，形如葵花。种类很多，栖息于海洋，产于石隙或泥沙中，有的生在贝壳和蟹螯上，为共栖的著名例子。

因为自己的眼睛和耳朵被蒙着,所以没有能够认识他们。

后来又来了上百个水孩子,他们都是汤姆的兄弟姐妹,穿着白色的游泳衣,非常漂亮。他们围着汤姆一起跳啊,唱呀,汤姆觉得自己从来没有像现在这么快乐过。

天晚了,他们要回家了。他们要等到潮水退掉之前回去,否则就会在土地上干涸。他们已经将上个星期风暴冲坏的地方完全修好了。他们把断了的海藻修好,把石池子整理好,还把那些蚌壳们都安排到了沙子上。

水孩子们都喜爱清洁,所以,如果海边的垃圾太多,水孩子就不会过来了。我们要想看到他们,一定要把我们的海变成一个花园一样美丽的地方。

所有的水孩子都住在一个叫做白兰登的仙人岛上。也许你们听说过白兰登这个人,他是一个高尚的隐士,他第一个发现了蔚蓝的仙水和那个金色的岛屿。这里还有一个美丽的故事呢!

从前,善良的白兰登住在一个荒野的海边。他每天的工作就是和另外的五位隐士向爱尔兰人传教。可是这些爱尔兰人并没有听信他

【风暴】
刮大风而且往往同时有大雨的天气现象。

【隐士】
隐居的人。

们。他们因为这个原因，越来越感到自己的工作没有价值。

有一天，心情不好的白兰登跑到山上，望着眼前波涛滚滚的大海，想象着更远的海洋，禁不住感叹道："要是我能像小鸟一样能飞起来，该多好啊！"这时候，天边的落日旁边，出现了一片蔚蓝色的仙水，还有一座美丽的岛屿。他惊呆了，决定向那座美丽的岛屿进发。他想："这一定是仙人居住的地方吧！"于是他和朋友们坐上小船，向西方进发了。

当他们抵达那个美丽的小岛，发现这里确实是一个**天堂**。这里长满了各种美丽的树木，还生活着形形色色的美丽的小鸟。善良的白兰登坐在一棵大树下，给所有的鸟儿祝福了一番。小鸟们把他的祝福告诉了鱼儿，于是鱼儿也来了，白兰登就为那些鱼儿**祈祷**。鱼儿又将祝福告诉了石洞里的水孩子，所以水孩子也来了。每个周末，这里总有上百个水孩子要来。这么多孩子，足够开一所学校了！于是，白兰登在这里开了一所学校，他就负责教导这些水孩子。他教给孩子们各种知识和技能，一直教导了几千年，后来，他的胡子长得老长老长，眼睛也变得昏花了。于是他和五位隐士在美丽

【天堂】
某些宗教指人死后灵魂居住的永享幸福的地方。

【祈祷】
一种宗教仪式，信仰宗教的人向神默告自己的愿望。

的树木下面永远地睡去了,睡得很甜很甜。直到今天,他们还在那里睡着呢!

这是一个美丽无比的岛屿,是靠着无数根圆柱子支撑起来的。这些柱子都是五颜六色的,有黑色的**岩石**,红绿相间的彩石,还有的是砂石,石柱上布满了红色和黄色的条纹。白兰登的岛下到处都是洞穴,洞穴也是五颜六色的。有青色的,有红色的,洞壁上挂着五颜六色的海藻;洞的底部铺着雪白的沙子,水孩子们晚上就住在这里。

平时收拾和打扫山洞的事情全部是由那些**螃蟹**来做的。螃蟹们把零星的东西全部收拾起来,把它们像猴子一样吃掉。洞里的岩石上布满了海葵和珊瑚,它们整天清洗着海水,海水才能每天都鲜美和清洁。它们每天都在做着这样的事,却始终能够保持着清洁的外表。这是因为仙人们给它们穿上了最漂亮的衣服,它们穿上这些漂亮的衣服,使人们远远望去像是一片鲜艳的花田。

在夜间这里也是安全的,很多水蛇日夜守护着这里。这些都是仙女喂养的水蛇,它们的名字也是仙女起的。这些水蛇们身上会穿着各种美丽的**丝绒**,有绿色的、黑色的、紫色的。

【岩石】
构成地壳的矿物集合体,分为火成岩、沉积岩和变质岩三类。

【螃蟹】
节肢动物,全身有甲壳,眼有柄,足有五对,前面一对长成钳状,叫螯,横着爬。种类很多,通常生活在淡水里的叫河蟹,生活在海里的叫海蟹。

【丝绒】
用蚕丝和人造丝为原料织成的丝织品,表面起绒毛,色泽鲜艳、光亮,质地柔软,供制妇女服装、帷幕、装饰品等。

水蛇的全身有一道道的纹。这些水蛇们异常机警，它们过去都是一些**侦探**家。有些水蛇的尾巴上也长满了眼睛，还有的甚至每一个**关节**都长了眼睛。所以它们对于周围的事物非常敏感。当它们要生小蛇的时候，它们就在尾巴上生出一个来。这些小蛇跟着妈妈生长，直到长大了才会从妈妈的尾巴上脱落。你们看，在这里生活并不是一件难事。

当危险到来的时候，这些蛇就会挺身而出，将那些危险的敌人赶走。每一条蛇都长有几百只脚，每一只脚都相当于一个**兵器**铺。它们会拿出各种各样的刀剑，有镰刀、有钩刀、有切纸刀、刺刀、匕首、长矛、长针等各种兵器，它们拿着这些兵器，对着敌人又砍又刺，又抓又扯。那些敌人常常吓得仓皇而逃，它们害怕自己被切成几块后再被吃掉。

仙后经常会来这里视察，她在很多美丽的仙人姐姐陪伴下，乘着嵌有贝壳的玉**鸾**来这里。岛上的水孩子多得数也数不清，这是因为仙人喜欢所有的小孩子。所有被虐待、被遗弃、被打骂的小孩子，不管他们的身份高低，不管他们有无教养，不管他们是整天被大人骑在身上或是没有大人管教的；所有流浪在城市

【侦探】
做侦探工作的人；间谍。

【关节】
骨头与骨头之间相连接的地方，可以活动，如肩关节、膝关节。

【兵器】
武器。

【鸾】
传说中凤凰一类的鸟。

和乡村里的孩子们；所有因为无钱治病死于各种**传染病**的孩子们；所有被狠心的主人打骂死的、被士兵杀死的孩子们，都过来吧！仙人们一个也不嫌弃，她们把小孩子都放在这里，精心教导他们。

可是汤姆还保持着那些顽皮的习惯，总要找一些动物去捣蛋，一点儿也不理会别的水孩子的警告。一个星期五的清晨，水孩子们说的那个惩恶仙人果然来了。

她长得真丑啊，你看，她戴着一顶乌黑的帽子，肩上还有一条乌黑的披肩，在她那难看的鹰钩鼻上架着一副大大的绿眼镜，鼻梁比她的眉毛还要高。汤姆要不是害怕她腋下的**戒尺**，早就向她做鬼脸了。她挨个地看了所有的孩子，脸上好像很高兴。她还分给孩子们各种各样的零食，有海苹果、海糖果等等。那些美味的食物把汤姆的口水都馋出来了。轮到汤姆了，满心欢喜的汤姆也想去领这些好吃的东西，可是仙人放在他手里的竟是一块石头。

汤姆哭了起来，他说："你真狠心。"

"因为你是一个狠心的孩子，"仙人说。接着她说出了很多汤姆虐待小动物的事。仙人告诉小汤姆："你不是也曾经把石子放到小鱼

【传染病】
由病原体侵入机体所引起的带有传染性的疾病。如霍乱、炭疽、肺结核、麻风、天花、伤寒等。

【戒尺】
旧时教师对学生施行体罚时所用的木板。

的嘴里,当做一顿丰盛的晚餐给他们吃吗?你怎样对待他们,我就怎样对待你。"

这些事仙人是怎么知道的?

"你自己告诉我的。"仙人说。

可是汤姆并没有告诉她啊,因为刚才他一直都闭着嘴巴呢!

仙人告诉汤姆,每一个做过错事的孩子都别想瞒住她,当然,他们自己并不知道其实已经告诉了仙人。要是汤姆以后不再做错事,那么他也可以得到很多好吃的东西。

汤姆不服气:"这样有什么不好吗?"

孩子们,你们一定要记住惩恶仙人的话:"不能因为你不知道火可以烫伤你,火就可以不烫伤你。也不能因为你不知道这件事有什么不对,这件事就是对的。"你们要知道,惩恶仙人跟永恒一样老,又跟时间一样年轻。她虽然外表不美,可是有一个美丽善良的灵魂。就像很多外表很丑陋的人,却有善良美丽的灵魂从丑陋的身子里伸出来一样。她只要看到有人做错事,就忍不住要去责罚他们,虽然她不愿意这么做。她就像不停工作的**闹钟**,身体里面装满了轮子和**弹簧**。她已经被开足了**马力**,自己想停下来都不可能。

【闹钟】

能够在预定时间发出铃声的钟。

【弹簧】

利用材料的弹性作用制成的零件,在外力作用下能发生形变,除去外力后又恢复原状。常见的用合金钢制成,有螺旋形、板形、杆形等不同形状。有的地区叫绷簧。

【马力】

功率的非法定计量单位,符号HP,hp。在标准重力加速度下,每秒钟把75千克的物体提高1米所做的功就是1马力,1马力约合735瓦。

那么究竟什么时候才能停止呢？机灵的汤姆开始动他的鬼心思了。小家伙想：既然是要开足马力，总有一天要走完的。或者呢，有人忘记了给她转上，那她就转动不了了。因为他从前的师傅葛林先生每次喝完酒之后，总会忘记开表。

仙人说，在人类没有全部变成好人之前，她会永远这样丑下去。直到人类全部变为好人，才有可能变得和妹妹福善仙人一样美丽。福善仙人是世界上最美丽的仙人，而她是世界上最丑的仙人。她们姐妹俩分工明确，各自做一半的工作。

所有的孩子都走了，仙人只留下了汤姆。

"我告诉你，汤姆。以后每星期五我会到这里来，把所有虐待孩子的人召来，他们怎样虐待孩子，我就怎样惩罚他们。"

汤姆听了这话，吓得藏到了一块石头下面。汤姆偷偷地看仙人怎样惩罚那些虐待儿童的医生呢！

那些给孩子们服药过多的医生们都被叫来了，他们脸色愁苦，神情沮丧。仙人让他们站成一排。仙人首先拔去他们的牙齿，然后把他们的全身划得都是血；紧接着让他们吃下**泻**

【泻药】
内服后能引起腹泻的药物。

【巴豆】
常绿灌木或小乔木，叶子卵圆形，花小，结蒴果，种子可入药。

【轻粉】
中药名，由水银与食盐、皂矾等原料加工制成。化学纯品称为"甘汞"，用作轻泻剂。

药、盐和巴豆剂、轻粉、硫磺和糖浆。做完这一次,接着再来一次。整整忙了一个早晨。

下面将要惩罚的是那些愚蠢的妇人们。这些人曾经给自己的女孩子勒足束腰,把女孩子们一个个弄得很痛苦。仙人就给她们都穿上特别紧的马甲,让她们一个个被勒得透不过气来,接着又给她们穿上紧得不能再紧的小皮靴,还让她们穿着这样的靴子跳舞,把她们都折腾得痛苦不堪。

仙人问她们:"这种滋味是不是很好受啊?"她们如果回答"不好受",仙人就放掉她们。

第三批将要被惩罚的是所有粗心大意的保姆。仙人给她们全身都刺上针,把她们放在摇车里,把头和胳膊挂在车外,给她们的肚子上勒紧皮带,就这样来去推着她们。最后她们难受得像要中暑一样,头晕难耐。这种滋味就好像你在风磨的轮子下长时间坐着一样。现在你知道了吗?如果你在航海的时候听见海底下发出隆隆的声音,那就是罚恶仙人在把这些保姆放在摇车里来回地推呢!

仙人们累了就去吃午饭,吃完午饭又开始工作。工作的对象是所有残忍的教师们。这

【硫磺】

非金属元素,有多种同素异形体,黄色,能与氧、氢、卤素(除碘外)和大多数金属化合。用来制造硫酸、火药、火柴、硫化橡胶、杀虫剂等,也用来治疗皮肤病。

【糖浆】

制糖时熬成的浓度为60%的糖溶液,可用来做糖果等。

【中暑】

病,由于长时间受烈日照射或室内温度过高、不通风引起。症状是头痛,耳鸣,严重时昏睡,痉挛,血压下降。

【风磨】

利用风力转动的磨。

些教师中的大多数是又脏又臭又讨厌的老**天主教僧侣**，他们经常用鞭子鞭打所有可爱的男孩子和女孩子。仙人就狠狠地拽他们的耳朵，敲他们的头，还打他们的手心，骂他们都是些坏人。只要他们敢争辩，仙人就会更严厉地惩罚他们。最后，仙人罚他们把30万行的**希伯来文**的诗背熟。他们终于忍不住大声地哭了出来。这些声音激起了海上的气泡，这就是海上经常有气泡的原因。

仙人终于完成了一天的辛苦工作，她要休息一下了。可是，她的面前还有一大堆艰苦的工作呢！

汤姆虽不是很喜欢这个仙人，可还是忍不住想问她一个问题。他鼓起勇气上前去问："太太，对不起，我可以问你一个问题吗？"

"可以啊，小乖乖。"仙人温柔地回答。

"你为什么不去惩罚那些坏心眼的师傅呢？还有那些打童工的工头，那些打学徒的打铁匠，还有扫烟囱的老师傅们，比如我的师傅葛林，待我就很坏，为什么不惩罚他们呢？"

老仙人忽然沉下脸。汤姆心里也紧张起来，暗暗后悔起来。可是老仙人并没有生气，她只是告诉汤姆，这些人被关在另外的地方，

【天主教】
以罗马教皇为最高领导者的基督教派。明代传入我国。也叫罗马公教、旧教。

【僧侣】
僧徒，也借来称某些别的宗教（如古印度婆罗门教、中世纪天主教）的修道人。

【希伯来文】
犹太人的宗教、文学和世俗语言。采用闪米特字母，系辅音文学，从右到左横写。

他们的惩罚方式跟这些还不一样。因为这些人是明知故犯。她的妹妹已经派了很多好人去阻止那些人做坏事了。

"现在，"老仙人说，"你一定要做个好孩子，你想让别人怎样对待你，你就首先怎样对待人家。如果你做得好，我的妹妹下周就会来了，她就会教给你做人的道理。"

听到自己永远不会再碰上葛林，汤姆心里非常高兴。他决定在星期六做一整天的好孩子。果然，这天他没有吓唬一只螃蟹，也没有搔珊瑚的痒，更没有把石子放到海葵的嘴里去。

福善仙人在星期日早晨翩翩而来。她受到所有孩子们的欢迎，汤姆也使劲儿地鼓掌欢迎。只要看见她，你就能想象到最美丽、最善良、最快乐的事情。她的皮肤十分光滑、香软。她最了解小孩子了，因为她自己就有很多小孩子。她最大的快乐就是跟小孩子们一起玩。她和所有聪明人一样，都认为孩子是世界上最有趣的伙伴。

当孩子们看见她来的时候，就拉着她的手在石头上坐下，围绕在她的周围，有的抱住她的脖子，有的抓住手。上不去的孩子就紧挨着她的脚。只有汤姆不知道是怎么回事，呆呆地站在那里。

福善仙人发现了这个小孩子。

"你是谁啊,小宝贝?"仙人温柔地问。

"他是新来的孩子!"孩子们都七嘴八舌地回答。孩子们告诉她这个孩子没有母亲。福善仙人就回答他们,"那么我来做他的母亲好了。"仙人站起来,一只胳膊夹着900个,另一只夹了1300个,把他们向两边甩去。这些孩子们一点儿都不在意,马上又往回游了。

仙人把汤姆抱在怀里,温柔地吻他、抚摸他,给他讲世界上各种新奇和美好的事情。汤姆两眼望着她,爱上了她。这么纯洁的爱让汤姆**陶醉**了。他沉沉地睡去了。

一觉醒来,汤姆发现仙人正在和孩子们讲故事。她的故事永远也讲不完,孩子们也永远听不厌。汤姆在她温柔的声音中醒了又睡,睡了又醒。

仙人要走了。孩子们都不舍得她走。

"不要走吧,"汤姆说。"我还想得到这样的抚爱啊!"

"不要走吧,"孩子们都说。"我们想听你给我们唱支歌呀!"

"好吧,"仙人回答,"我只能给你们唱

【陶醉】
很满意地沉浸在某种境界或思想活动中。

一支歌,你们想听什么?

孩子们异口同声地喊起来:"《你丢掉的布娃娃》,《你丢掉的布娃娃》。"

仙人用温柔的语调唱起来:

我曾经有个可爱的布娃娃,我的宝贝,
世界上最好看的娃娃。
她的两颊白里透红,宝贝,
她的头发可爱地弯曲着。
可是有一天,
我在灌木丛里玩,
我的布娃娃找不到了,被我丢掉了;
为了她,
我哭了一个多星期,宝贝,
我永远找不到她放的地方。
有一天,
我又去灌木丛里玩,宝贝,
我居然找到了她!
旁人说,
她变得不成样子了,宝贝,
你看,
她脸上的脂粉全被洗掉了,
她的胳臂也被牛踏断了,宝贝,

【异口同声】

形容很多人说同样的话。

【灌木】

矮小而丛生,没有明显主干的木本植物,如荆、玫瑰、茉莉等。

她的头发也不再弯曲。

可是,

世界上的娃娃她最好看。

也许你会说,一个仙人还能唱出这样愚蠢的歌曲,还有那么多愚蠢的水孩子听得如痴如醉!那我要告诉你,海底的孩子们和仙人就是这样的天真和纯洁。

仙人临走前告诉汤姆:"你愿意替我做一个好孩子吗?这段时间不要虐待海里的小动物了,等我下次回来,愿意吗?"

"你还疼爱我吗?"小汤姆眼泪汪汪地问道。

"当然了,小乖乖。我真想把你带走呢!好好地疼你。"仙人说,"可是不行,孩子。"

汤姆从这以后真的做了一个好孩子。他再也不虐待海里的动物了,而且,他直到现在还活着呢!

所以,孩子们,你们有着慈爱的妈妈抚爱,给你们讲各种各样的故事,你们是不是也要做个好孩子呢?不要再顽皮了,如果你顽皮的话,妈妈美丽的眼睛就蓄满眼泪啊!

糖果带来的悲伤

小朋友,现在你要做好心理准备了,因为我要讲到故事中最悲惨的部分了。我知道很多人可能觉得这样很好笑,可我知道至少有一个不这么认为。

他就是那个长了两撇小胡子的军官。有一次他和大家聊天,说到了世界上最令他伤心、最使他感动的事有两件,一件是小孩子哭自己

的布娃娃，另一件就是小孩子偷糖果吃。他说如果他看见了，一定要想尽办法阻止这些事情的发生。当时很多人都以为这种话可笑至极，只有一个矮小的老太太不以为然。这个老太太说："我相信他是一个真正勇敢的人。"

【糖果】
糖制的食品，其中多加有果汁、香料、牛奶或咖啡等。

言归正传，也许你认为现在的汤姆已经做得很好了。他现在可以得到任何他想要的东西了，事实上这样舒服的环境并不能让人变好。在很多时候，舒服的生活会让人变得不长进。汤姆就是这样。

【不以为然】
不认为是对的，表示不同意（多含轻视意）。

现在他的脑子里只想着一样事情，那就是糖果。现在他每天都在盘算仙人什么时候能来，给他带些什么糖果和给多少之类的事。他白天想，晚上想，结果会怎样呢？

他现在留心起仙人放糖果的地方了。他小心地跟在仙人的后面，看见仙人把糖果放在了一个美丽的贝壳做成的橱里。

于是他每天就思考着怎样到放糖果的橱那里去，但他又不敢去。终于有一天晚上，当大家都熟睡的时候，他大着胆子走了进去。

他走过去，看见糖果橱门开着。看见他们，汤姆没有想象的那么高兴，而是有些害怕。他后悔不该来到这里。后来他想，既然来了，就碰一碰它们吧！他碰了一下，又想：尝一块吧！就尝一块。后来想，再吃一块就不吃了，于是又吃了一块，接着他又吃了第三块、第四块，后来干脆就狼吞虎咽起来，终于把一盒糖果吃光了。可是，他觉得今天的糖一点儿也不好吃，也没有吃出什么滋味来。

汤姆没有看见，罚恶仙人始终都跟在他的后面。

罚恶仙人取下自己的眼镜，她的心里充满了对汤姆的怜悯。她的眼睛里装满了眼泪，自言自语地说："可怜的小家伙，你将和其他人一样受到惩罚啊！"

其实，你千万不要以为她只是因为一时生气。你不要以为我们做错事她就一定要放过我们，不惩罚我们。那你就想错了。

她该怎样惩罚汤姆呢？她没有去打他、骂他、用鞭子抽他，因为她知道这样只能让汤姆回到原来顽皮的样子。很多心急的老师和父母总是这样对待他们的孩子，这些人的做法其实没有任何意义，并且还是很卑鄙的行为。这种方法不应该拿来用在这些需要关爱和帮助的孩子身上。

所以，罚恶仙人装得好像什么事也没发生

【狼吞虎咽】
形容吃东西又猛又急。

一样,照例给孩子们发糖果,也不提汤姆偷糖果的事。汤姆反而害怕起来了。

仙人看见了汤姆,汤姆赶快低下头来。奇怪,今天的糖果怎么一点儿也不好吃?他甚至想吐出来。他的这种心情整整持续了一个星期。

第二个星期到来时,他看见仙人用忧郁的眼神望着他,汤姆感觉自己已经吃不下糖果了,可是他强迫自己吃了下去。

福善仙人又来了,可是她严肃地告诉汤姆,她将不能够抚爱他,因为汤姆的身上长满了尖刺。

汤姆哭了起来,他想,怪不得这个星期没有人跟他玩,原来是这个缘故。当丑仙人来分给他们糖果的时候,他忍不住哭了起来。他扔掉手中的糖果,说:"我不想吃糖果了,我现在再也吃不了糖果了。"他放声大哭起来,告诉了仙人自己偷糖果的经过。

仙人没有责罚他,反而温柔地抱起他,吻了他一下。

"我原谅你,"仙人说。"我原谅所有能讲出真话的人。"

汤姆笑了。

仙人告诉小汤姆，他身上的这些尖刺，只能自己去掉。汤姆又哭了起来。仙人安慰汤姆，给他找了一个女教师，来教他如何去掉身上的尖刺。

汤姆一向害怕女教师，因为女教师一定带着很多戒尺或者棍子来。不过……也许会像凡谷的老妇人？这位女教师到底是什么样子呢？

原来是一位美丽的小姑娘啊！汤姆高兴了。仙人嘱咐小姑娘，一定要教汤姆学好。

小姑娘没有做过教师，所以没有什么经验。可是，当汤姆放声大哭时，她忍不住心软了，好像一下子懂得怎么去教小孩子了。

汤姆的功课并不困难，因此没有几个星期，汤姆皮肤上的尖刺就消失了，变得光滑起来。这时小姑娘一下认出了汤姆："你就是跑到我卧室里的扫烟囱的小孩吧！"汤姆走上前去，高兴地围着她绕了几圈。

两个人愉快地在一起学习了整整7年。

汤姆在这7年中过得很快乐，可也有一件事他想不明白：小爱丽星期日回家的时候，去了哪里呢？

她说是一个美丽的地方。可是在哪里呢？到底有多美丽呢？小汤姆渴望知道。

奇怪的是,这事谁也讲不出来。很多年来,有不少的好人、智人去过那个地方,可是他们一点儿也讲不出那个地方的样子。小爱丽只是这么说:"它比世界上所有的地方加起来都还要好。"

汤姆更加想去了。可是爱丽告诉他,必须得到仙人的允许。

仙人说:"去那里的人,必须先去他们不想去的地方,做他们不想做的事,帮助很多不想帮助的人。"

汤姆想不通这个道理。他跑过去问福善仙人,结果得到了同样的回答。

汤姆觉得很不快活。因为每到星期日,爱丽总要回家,这使他心情烦躁,没有心思去听仙人讲故事了。汤姆不喜欢这些故事,他跑到一块石头背后藏了起来。

汤姆现在对爱丽充满了嫉妒,他自认为爱丽比他强,能做到他做不到的事。他对所有的事情都失去了兴趣,只想知道爱丽到底去了哪里。

终于有一天,汤姆对爱丽说:"我要走了,因为我在这里很不开心,我要你跟我一起走。"

爱丽企图说服汤姆,让他不要走,要不然仙人会惩罚他。

汤姆哭了起来,因为他知道仙女们要他做的事就是去找那个可怕的葛林。他害怕去找这个人,担心他再次把自己变成那个肮脏的扫烟囱小孩。

可是汤姆不相信,他误以为是爱丽讨厌他了才赶他走。这个时候,他们互相看不到对方了。只听到他们在着急地寻找:"汤姆,你在哪里呀?""爱丽,你在哪里呀?"

寻找的声音慢慢消失。爱丽失踪了。

汤姆喊来罚恶仙人,他懊悔不已。他以为是自己害死了爱丽。

仙人告诉他爱丽没有死,她回家了,只是不知道什么时候能再回来。

汤姆哭得更伤心了。他的泪水往外涌啊涌啊,连海水都涨了起来。这一天,**潮水**的高度整整比前天高了1.395462倍。

仙人温和地抱起他,温柔地安慰他。仙人告诉他,现在他该自己一个人出去,尝试着自己做事情。小朋友,仙人的话我们也要记住哦!她是这么说的:一个人只要拥有这样的品质——勇敢、老实、好学,就会发现世界中快

【潮水】
海洋中以及沿海地区的江河中受潮汐影响而定期涨落的水。

乐的、美好的事。只要做自己认为是正派的事，任何人也不能伤害他。

汤姆决定出去走一趟。但是他有一个愿望，就是去见爱丽一面。他如愿以偿，得到了爱丽的原谅。

仙人知道汤姆并不是真心想出去。她拿出一本神奇的防水书摆在汤姆面前。仙人说，这里记载了那些随心所欲的人们的下场。

书的第一页上这么写着："逍遥国是一个伟大而著名的国家，它是从一个叫勤苦国的国家分出来的。这里的人们天天想着怎样弹琴。"下面是一些花花绿绿的照片，照片上，逍遥国的人们住在乐山脚下，这里的懒果随处可见。

他们快乐地生活着，并且不需要工作。他们住在美丽的岩洞里，在温泉里洗澡。他们不用穿什么衣服，因为天气十分温暖。他们喜欢音乐，但是觉得学钢琴或者小提琴太麻烦。因此，他们整天坐在蚂蚁山上弹琴。

他们怎么吃饭呢？不用担心，他们坐在懒果树下，等着那些果实掉到嘴里，或者坐在葡萄树下，挤葡萄汁吃。小猪烤完了就自己跑过来说："来吃我吧！"不用人们动手，小猪自

【岩洞】
泛指岩层中的大洞，有的岩洞曲折幽深。

【温泉】
泉水温度超过20℃的泉，也指泉水温度在当地年平均气温以上的泉。

【钢琴】
键盘乐器，内部装有许多钢丝弦和包有绒毡的木槌，一按键盘就能带动木槌敲打钢丝弦而发出声音。

【小提琴】
提琴的一种，体积最小，发音最高。

己就跑到嘴里。

他们没有任何的敌人，所以他们不需要兵器，也不需要任何工具。一切都是不需要动手做的。从来没有人逼他们劳动，或者取他们的性命。

他们过得十分舒服，逍遥自在。

千万不要以为这是快乐的事，因为汤姆就这么想过。但是当他看到500年后的情形，就改变了看法。

500年后，山峰全都**爆炸**了，沸腾得像是开水锅。所以，逍遥国有三分之一的人被炸飞，三分之一成了灰烬，只剩下了三分之一活着的人。这就是住在**火山**上的结果。

可是仙人当时为什么不警告他们呢？汤姆也这么问仙人。

"我警告过他们很多次呀！为了说服他们，我到处撒灰烬和火屑。我告诉他们有烟的地方总是有火的。可是，他们不信。他们编出了一段**神话**，说什么这是一个长人吐出的气。这些人简直太荒唐了，我都不知道该怎样去惩罚他们了。"仙人生气地说。

再往下翻500年，我们可以看见，那些幸存下来的人仍旧像从前一样安逸地生活。他

【爆炸】

物体体积急剧膨大，使周围气压发生强烈变化并产生巨大的声响，叫做爆炸。核反应、急剧的氧化作用和容器内部气体的压力突然增高等都能引起爆炸。

【火山】

因地球表层压力减低，地球深处的岩浆等高温物质从裂缝中喷出地面而形成的锥形山。火山顶部的漏斗状洼地叫做火山口。

【神话】

关于神仙或神化的古代英雄的故事，是古代人民对自然现象和社会生活的一种天真的解释和美丽的向往。

【稻子】

一年生草本植物，叶子狭长，花白色或绿色。子实叫稻谷，去壳后叫大米。是我国重要的粮食作物。主要分水稻和陆稻两大类。通常指水稻。

【野人】

指未开化的人。

【狮子】

哺乳动物，身体长约3米，四肢强壮，有钩爪，掌部有肉块，尾巴细长，末端有一丛毛，雄狮的颈部有长鬣，全身毛棕黄色。生活在非洲和亚洲西部。捕食羚羊、斑马等动物，吼声很大，有"兽王"之称。

们依然很懒，不肯离开火山半步。因为他们认为：火山已经喷发了一次，就不会再喷发第二次。那次大火，所有的食物都被他们吃光了，所以他们生活得很艰苦。他们不得不挖草根和找干果吃。他们从没想过自己去种稻子，而是吃光了所有的稻种。如果再去找稻种，这当然是很麻烦的一件事。他们说什么也不愿意去的。因为营养不良，很多人都得了病，饿死了。

可不是，他们已经变得跟野人差不多了。

"看看他们变成了什么样子吧！"爱丽说。

好的，下面我们就看看这些人的模样。

因为没有了烧牛肉和果子蛋糕的营养补充，他们只能靠少量的蔬菜生活，因此他们的下巴变得很长，嘴唇也变得很粗了。

时间又过了500年。这时的人们已经住到了树上。他们像鸟一样在树上做巢来躲避风雨。经常有很多狮子在树下徘徊。

"狮子好像吃掉了很多人啊，"爱丽说，"现在的人更少了。"

的确是这样，仙人告诉他们，到了这个时候，只有最强壮和最敏捷的人才可以爬到树

上，以此逃命。

"可是他们长得多么粗壮啊！"汤姆说。

是的，只有这些强壮的人才能生存下来，娶妻生子。所有的女子都只嫁给那些凶猛的男人们，只有他们才能帮助这些女子们爬上树逃命。

让我们再往下翻500年吧！

我们看到，这时的人们更少了，也更加强壮和凶恶。他们的外形发生了很大的变化，最明显的就是他们的双脚已经变成了弯曲的形状，因为他们要用大脚趾钩住树枝，才能不掉下来。

两个孩子十分诧异，他们以为是仙人把人类变成这样的。

仙人笑了，她说："也是，也不全是。"

这里的真正原因是，到了后来，只有那些能够灵活运用自己的脚的人才能活下来，能够娶到妻子，生下后代，而其余的人只好饿死。天长日久，所有活下来的人都成了这种样子。他们的大脚趾变成了大拇指。

爱丽发现，其中的一个身上长满了毛。

"没错，"仙人回答，"这个人就是这个时代的伟人。"

果然,500年之后,那个浑身长毛的人成了**酋长**,生出了更多长毛的孩子。那个时候,许多女人都愿意嫁给长毛的丈夫,生下众多的毛孩子。那些没毛的孩子都得了**伤风**,后来都得了**痨病**而死。

再往后翻500年,这个国家的人已经所剩无几了。

"这里有一个人在找树根吃呢!"爱丽说。可是那个人已经不能够直起身子走路了。没错,他们长得越来越像人类的始祖猿猴了。

是啊,仙人告诉他们,这时他们已经变得非常蠢笨。他们的脑子空空,已经没有思考的能力。这个道理很简单,就是因为他们几百年都没有动过脑筋,所以,他们几乎连话也忘记怎么说了。不仅如此,他们的本性变得更加凶恶和野蛮。人与人之间的关系变得十分冷淡。他们各自在森林里生着闷气,互相不理睬。谁也不知道别人在想什么。

知道为什么吗?就是因为他们只做自己想做的、喜欢的事,而不做不喜欢的事。

仙人把这本书往后翻了500年,这时他们全死光了。死亡的原因有很多种。大多是因为营养不良,或者是被野兽吃掉,被猎人杀死。

【酋长】
部落的首领。

【伤风】
传染病,病原体是病毒,在身体过度疲劳、着凉、抵抗力降低时容易引起。症状是咽喉发干、鼻塞、咳嗽、打喷嚏、头痛、发热等。

【痨病】
中医指结核病。

最后这个国家只剩下最后一个身材高大的老人。他的下巴长得可怕，站在那里不知道在吼些什么。一个狩猎的人走了过来，给了他一枪。这时他好像想说点儿什么，他想说："我也是人啊，我们是同胞啊。"可是他的舌头已经不能动弹了。接着他想，应该看医生的。可是，他忘记了医生怎么说。所以，他喊了一句谁也听不懂的话"布呜布！"然后死掉了。

【同胞】
同一个国家或民族的人。

一个伟大的逍遥国就这样灭亡了。

读完这本书，汤姆和爱丽的心情都十分沉重。

他们问仙人："你为什么不帮他们一把呢？为什么不能阻止他们变成猿猴呢？"

仙人说开头原来是可以的，如果开头他们能够像人类一样，也能做好自己不喜欢做的事，就能来得及得救。可是后来，拖得越久，越不可能回到人类了。他们和动物一样，只肯做自己喜欢做的事，所以本性也很愚蠢和笨拙。最后，他们已经无可救药了。他们的脑子因为长时间不用，已经失去了思考的能力。

现在你知道仙人为什么长得这么丑了吗？就是因为她整天为这类的事情发愁，已经不能够变美了。

那么他们现在在哪里呢?

爱丽想知道,我们也想知道。仙人说:"他们只在他们应该在的地方。"

仙人合上书,若有所失。她语重心长地说:"人们总说我能够把野兽变成人。这么说也不是没有道理,因为他们现在已经是人了。而我所做的就是让他们像一个真正的人那样,不仅做自己喜欢的事,也做很多自己不喜欢的事。可是,他们也不能够忘记,人类可以**进化**,也可以退化。我既然能把野兽变成人,当然也能把人变成野兽。"

"小汤姆,其实你有几次差一点儿就变成野兽了。现在呢,如果你不打算出去闯闯世界,说不定还会变成一条水蜥呢!哈哈!"

这可太严重了!汤姆当然知道。所以,他决定立刻就走,哪怕是走到天边,他也要去。

【进化】

事物由简单到复杂,由低级到高级逐渐发展变化。

奇妙的旅行

汤姆已经确定要走了。无论如何,他决心远走高飞了。

仙人很高兴:"啊,你真是个勇敢的孩子。但是你要找到葛林先生,走得比天还远呢!他可是在天外天。你要先到光辉城,穿过那扇从来打不开的白城门,到达和平地,然后经过护持婆婆港。随后,善良的护持婆婆会指给你去天外天的路，你才能找到葛林先生。"

可是现在的问题是汤姆根本不认识去光辉城的路，更不知道光辉城在什么地方。

仙人告诉汤姆，小孩子一定要学会自己去问路，否则就不能长大成人。你可以去问海中的鱼，天上的飞鸟。当然了，你一定要对他们好，还要有礼貌，他们才肯告诉你去光辉城的路。

汤姆现在已经长成大孩子了。他决定马上动身，并且十分坚定地和爱丽小姐道别了。

"不要忘记我，汤姆，"爱丽说，"我会等你回来的。"

"不会的。"汤姆说。他们有礼貌地握手道别。

汤姆满脑子想的就是要到大千世界好好地游历一番，所以不到五分钟，他就把自己说过的话忘记了。当然，他的心里从没有忘记过她。

汤姆向路上遇见的每一个动物和每一个飞鸟问路，可是它们都不认识去光辉城的路。这是什么缘故呢？原来啊，他还在南方，而光辉城是在遥远的北方呢！

有一天他看见一条大船，这是一艘雄伟的

海轮,汤姆惊诧于船没有帆也能够航行。他走近一看,发现了一群海豚。汤姆向它们问路,可是它们都说不知道。

汤姆很好奇,想研究一下这船是靠什么发动的,于是他停下来仔细观察,结果发现在船的底部有一个**螺旋桨**。他高兴地玩了一整天,最后想起自己是要去光辉城的,他才开始动身。

这时他看见**甲板**上站着很多人。

忽然汤姆看见一个美妇人。她站在船尾的甲板上,身上穿着黑色的寡妇装,怀里还有一个孩子。她在后船舷上回头望着**英格兰**,一面还在轻声地唱:

温柔的风儿啊,你从芬芳的南方吹过来吧;

装满银白色的云朵,飘过七月流火的大海;

快将你的手指织线吧!把那稀薄的云丝织成细线。

做成那美丽的云被,盖在我的孩子和我的身上。

她的歌声真是太甜美了,汤姆陶醉在歌声里,他愿意就这样整天地听下去。可是这时,

【螺旋桨】

产生推力使飞机或船只航行的一种装置,由螺旋形的桨叶和桨毂构成,发动机带动旋转时,桨叶的斜面拨动流体靠反作用而产生推力。

【甲板】

轮船上分隔上下各层的板(多指最上面即船面的一层)。

【英格兰】

在大不列颠岛南部及中部,还包括怀特等岛。是英国人口、经济最集中地区,因此英格兰也指英国。

那个小孩子发现了汤姆。汤姆和孩子相视一笑，孩子就伸出小手，汤姆也伸出了手。那个孩子在少妇的怀里跳了起来，好像要挣脱妈妈的怀抱去水里一样。

"怎么了，小乖乖？你是不是瞧见了什么？"少妇问孩子。她顺着孩子的视线望去，也瞧见了汤姆。

她开始很惊奇，随即就很平静地说："这是水里的孩子啊，也许海里是孩子们最快乐的地方呢！"她示意汤姆，让汤姆等等她们。

可是一个老保姆走过来，把她们拖走了。

汤姆扭头向北游去，心里充满了悲哀，他也不明白自己为什么会这么想。他望见汽船在暮色中一点点消失掉。

汤姆在暮色中继续向北游去，一天，又一天。后来，他遇见了一条鲭鱼王，它建议汤姆去独孤礁，请教那位世上仅存的大海鸦。她出身一个很老的氏族，所以知道很多暴发户们不知道的事情。鲭鱼王还告诉了他走的路线。它是一个心地很不错的老绅士。临走也没忘记告诉汤姆：如果会飞，一定不要在大海鸦老太太面前提一个字。

汤姆谢过它，向前方游去。

【汽船】
用蒸汽机做发动机的船，多指小型的。

【氏族】
原始社会由血统关系联系起来的人的集体，氏族内部实行禁婚，集体占有生产资料，集体生产，集体消费。也叫氏族公社。

七天七夜之后,汤姆见到了那只仅存的大海鸦。这是一个很神气的老太太,她的身体笔直,身材很高,穿着她家的传统衣服,样子十分古怪。她把两只羽毛当做扇子来扇,一边扇一边埋怨这鬼天气。她嘴里还不停地哼唱着一首古老的歌曲:

有两只小鸟,都坐在石头上,
后来呀,一个不知道游到哪儿去了,
留下一个在悲伤。
悲伤的还有一个老太太。
后来另外一个也走了,
现在一个也不剩了。
剩下的只有冷冷清清的石头,
还有一个可怜的老太太。

其实,原来的歌词里不是"游走了"而是"飞走了"。可是,她自己不能飞起来,所以只好改成"游走了"。

汤姆很礼貌地走向前,深深鞠了一躬。

果然,老太太问他:"你有翅膀吗?你会飞吗?"

"怎么会?我当然不会啊,我连想都不敢

想。"小汤姆还很狡猾。

老太太很高兴,"我真高兴跟你交谈,小乖乖。能看见一个没有翅膀的小东西真是太让人兴奋了,我不明白为什么那么多的鸟儿都非要一个翅膀不可。在我祖先的年代里,根本没有人有翅膀,它们照样过得很好。那些下流的海燕和海雀竟然也长起了翅膀,它们为什么不自尊些呢?"

老太太滔滔不绝地讲了老半天,直到后来,她已经上气不接下气了,还是不停地在讲。趁着老太太擦汗的工夫,汤姆赶忙插了一句话,问她去光辉城的路怎么走。

"光辉城啊?我当然知道了,没有人比我更清楚这条路了。几千年前,我们都是从光辉城来的呢!那时候,天气多么凉爽啊!可是你看看现在,天气这么热不说,还多了这么多长了翅膀的可恶的鸟儿。它们到处去找东西吃,把人们的打猎活动也搞乱了。一千年前哪里是这样!那时候,你如果出门,人类都是远远地望着你。可是现在,你要离开这块礁石一会儿,那些人就能撞见你。乖乖,我说到哪儿了?对了,我们的生活啊,那真是一天不如一天呢!现在是什么都没有了,只留下光秃秃的

【海燕】
鸟,外形像燕,嘴端钩状,羽毛黑褐色,趾间有蹼。常在海面上游泳和掠飞,吃小鱼、虾等。

【自尊】
尊重自己,不向别人卑躬屈节,也不容许别人歧视、侮辱。

姓名了。我也是我们家族最后的一个了。那时候我还年轻，和一个朋友来到这个地方，就是为了躲开那些可恶的东西。你知道为什么吗，小乖乖？因为过去我们有一个很大的国家，那时候所有的岛屿都被我们覆盖了。可是那些可恶的人类拿枪射击我们，取走我们的蛋。说起来，这是很遥远的历史了。那时候呀，在海岸上经常会有一些**水手**，他们把一块木板搭在一条船上，然后把我们成群地赶上那条船，然后把我们吃掉。这些下流的家伙！我说什么来着？对了，就这样，我们国家的成员一个都不剩地被杀死了，我们的国家也灭亡了。那时候我还是一个年轻的小姑娘，我和剩下的鸟儿们住在海鸦峰上面。可是不知道为什么，那时的天空变得乌黑，空中充满了烟气和灰尘。后来，那块大海鸦峰也塌了，很多鸟儿都飞走了。可是我们是高贵的鸟儿啊，我们才不屑于那么做呢。我们坚守着我们的家园。后来剩下的鸟儿有的摔死了，有的呢，干脆淹死了，还有的跑到了爱尔兰。可是后来好像也都死掉了，只剩下我一个人孤零零地在这里守着。"

多么离奇的身世啊！听起来虽然有些**传奇**

【水手】
船舶上负责舱面工作的普通船员。

【传奇】
指情节离奇或人物行为超越寻常的故事。

色彩，可这些都是事实啊。

汤姆很同情这些鸟儿。他认为这些鸟儿应该有翅膀，这样它们也能飞走了。

"是啊，说得对。"老太婆说，"一个人如果不是出身名门，或者可以忘掉自己的高贵出身，还有什么不能做呢？要是这样，我们做什么都没有关系，在这个世界上活着也很轻松啊！我就是放不下自己高贵的出身，才总是活得这么孤单。"

老太婆多么伤心啊，她伤心地叹了口气，"我有一天也会死掉，谁也不会记得这个世界上曾经有我。唯一不死的就是这块礁石了。"

"可是，光辉城怎样走啊？"汤姆问。

"噢，我得想想看，是这样，啊，你要走了啊，小乖乖。真是的，我今天这脑子怎么了，什么也想不起来了。乖乖，恐怕你要问问那些下流鸟儿了，我什么也不记得了。"

说到这里，可怜的大海鸦太太伤心地哭了起来。汤姆也很伤心，因为他再也不知道该找谁去问路了。

幸好这时飞来了一群海燕，它们比大海鸦太太好看得多，而且都是护持婆婆的亲儿女。这是什么原因呢？原来这是护持婆婆创造了

【名门】
指有声望的人家。

【海盗】
出没在海洋上的强盗。

【鱼肝油】
从鲨鱼、鳕鱼等的肝脏中提炼出来的脂肪,黄色,有腥味,主要含有维生素A和维生素D。常用于防治夜盲、佝偻病等。

【军舰】
有武器装备能执行作战任务的军用舰艇的统称。

【香料】
在常温下能发出芳香的有机物质,分为天然香料和人造香料两大类。天然香料从动物或植物体中取得,如麝香、灵猫香以及玫瑰、蔷薇等的香精油,人工制造的也很多。用于化妆品和食品工业等。

大海鸦之后才创造它们的,所以护持婆婆积累了一些经验,创造它们的时候,就可以让它们变得漂亮一些了。这些海燕追逐着波浪漂了过来,汤姆听见了它们温柔的呢喃。当汤姆也向它们问路的时候,它们说自己是护持婆婆的儿女,是被派来周游四海的,负责引导那些善良的鸟儿回家。

汤姆高兴地跟它们游去。只有大海鸦还在那里凄凄切切地唱:"只剩下了冰冷的石头冷冷清清,还有一个可怜的老太婆。"

这句话不对。汤姆回来的时候,这块石头一点儿也不冷清。等到他回来的时候,他将看到,成百上千的渔船停泊在这里,船上的人都是北方**海盗**的子孙们。那些人大量地捕捉鳕鱼,拿来制造**鱼肝油**和肥料。那时候,有一条极大的**军舰**保护着他们。如果我们去看那里的夏季海滨大会,一定能从海水里捞出许多稀奇动物的尸体来。这里的水手们将会说这片鳕鱼群,喂饱了这里的所有穷人。

汤姆急着动身去光辉城,可是海燕告诉他不可以,它们还有别的事要做。它们要去水禽国参加水禽大会,然后再去北方的夏季孵育场。汤姆只有答应不泄漏水禽国的地点,海燕

们才能带他去。

汤姆在水禽国住了一段时间,遇见了很多奇事。他看见了千百只毛头鸦举行的议会。在这个议会上,它们纷纷夸耀自己的聪明事,包括吃了多少死牛,用自己的尖嘴啄了多少松鸡蛋等等。其中有一个年轻美丽的雌鸦,因为说自己没有偷过松鸡蛋,而且说自己不愿偷蛋,被这里的老鸦们众口啄死。按照老鸦的法律,老鸦就应该偷鸡蛋、偷松鸡和其他可吃的东西。可是,她犯法了,不仅要公审,还要被当场啄死。

你说说看,这难道还不够可耻吗?

但是仙人们将那只善良的雌鸦打扮成一只最美丽的乐园鸟,把她送往出产香料的岛上,让她享受各种新奇的果品去了。

罚恶仙人也来了,她狠狠惩罚了那些坏老鸦一顿。让它们吃了装着砒霜的死狗,然后全部都被毒死了。

当成千上万的鸟儿们飞到一起来的时候,那是水禽国的鸟儿们要开会了。天鹅、冰岛的大海鸭、彩鸭和弯嘴的食鱼鸭、企鹅、大潜水鸥、北冰洋的小海雀、分趾的鹈鹕、身长16英寸的弯嘴鹅、快要绝种的北极海鹅、翅膀展

【砒霜】

无机化合物,是不纯的三氧化二砷。白色粉末,有时略带黄色或红色,有剧毒。用来制杀虫剂或除草剂等。也叫信石,有的地区叫红矾。

【企鹅】

水鸟,体长近1米,嘴很坚硬,头和背部黑色,腹部白色,足短,尾巴短,翅膀小,不能飞,善于潜水,在陆地上直立时像有所企望的样子,多群居在南极洲及附近岛屿上。

【鹈鹕】

鸟,体长可达2米,翅膀大,嘴长,尖端弯曲,嘴下有一个皮质的囊,可以存食,羽毛大多白色,翅膀上有少数黑色羽毛。喜群居,善于游泳和捕鱼。也叫淘河。

开有6英尺长的全蹼大**鲣鸟**、羽毛深暗的大海鸥、白尾巴的小海燕、叫不出名字来的海鸥，这些鸟儿不停地在沙滩上划水、洗浴；它们唧唧喳喳叫个不停，商量着各种重要的事情。

参加完了水禽国的大会，他们继续往前走。在路上，他们遇见了一群海鸥，护持婆婆的儿女就把汤姆托付给了它们。这些贪吃的海鸥们毫不害羞地端详他好一阵，然后问他从哪里来。汤姆一一告诉了它们。它们很赞赏汤姆的这种勇敢精神，并决定帮助这个小伙子。它们把汤姆放在它们的背上，快活地游去。

游啊游啊，它们终于来到了浮冰边上。从浮冰上远远望去，已经可以望见光辉城的风雪了。可是，许多人为了寻找那至今还没有打开的白城门，英勇就义了。它们可以看见那些沉没的船只，有的桅樯至今还在那里耸立着。可怜啊，可怜啊，这些英勇的人们！

善良的海鸥背着汤姆来到了光辉城的脚下。它们告诉汤姆，这座城市没有城门。

没有城门？天哪！那该怎么过去呢？

海鸥告诉汤姆，这就是整个城的秘密所在。过去很多人历尽千辛万苦就是想找到这个门，但都没有成功。他们就葬身在这里。

【鲣鸟】
鸟，外形像鸭，嘴坚硬，尖端渐细并稍向下弯，尾较长而呈楔形，种类很多，多生活在热带地区的岛屿上，吃鱼类等。

汤姆该怎么办呢?

"当然,要从浮冰下游过去,这需要你有胆量,孩子。"海鸥说。

"好,"汤姆坚决地说,"我马上下去。"

"好样的,孩子。再见吧!"海鸥说。

汤姆不顾一切地投进了那扇没有打开的白城门下面,在漆黑中摸索着前进。七天七夜之中,汤姆一直待在海底下。可是,勇敢的汤姆一点儿也不害怕。

后来他终于望见了光亮,那亮光从万丈深的海底射出来,在他的前方闪耀。在一群海蛾的环绕中,汤姆终于泅出水面,见到了那些善良的鲸鱼归宿的水池。

这是个面积很大的水池,两岸之间相距甚远。这里的空气清新,冰山形成了天然的屏障,美丽极了。这里的警察是太阳,他经常会跟这些仙人逗乐。在这个国度里,什么事情都是好玩的、开心的。

在这片海上躺满了幸福的鲸鱼。护持婆婆把那些鲸鱼放到了不同的池子里,让它们各得其乐。那些鲸鱼们常年幸福地睡着大觉,快活无比。

【鲸鱼】

哺乳动物,种类很多,生活在海洋中,胎生,外形像鱼,体长可达30多米,是现在世界上最大的一类动物,头大,眼小,没有耳壳,前肢形成鳍,后肢完全退化,尾巴变成尾鳍,鼻孔在头的上部,用肺呼吸。

【冰山】

浮在海洋中的巨大冰块,是两极冰川末端断裂,滑落海洋中形成的。

【水母】

腔肠动物，多数外形像伞，口在伞盖下中央，口周围有口腕，伞盖周缘有许多触手。种类很多，如海月水母、海蜇等。

【俏皮话】

含讽刺口吻的或开玩笑的话。

【大理石】

一种变质岩，主要成分是碳酸钙和碳酸镁，通常白色或灰色，也有带黑、褐等色花纹的，有光泽。多用作装饰品及雕刻、建筑材料。我国云南大理产的最有名。

这里就是和平池。这里住的都是善良和安静的动物，它们正在等待，等待着护持婆婆召它们前去，变成新的动物。

汤姆向距离他最近的鲸鱼游去，向它打听去护持婆婆那里的路线。

"你看，她就坐在池子中间。"鲸鱼说。

可是那里除了一座冰山，什么也没有啊！

"对，那就是护持婆婆。"鲸鱼告诉他，"她常年在那里让所有的动物获得新的生命。"

"可是她是怎么做的呢？"汤姆很好奇。

鲸鱼打了一个大大的哈欠，说："跟我没什么关系。"他这个哈欠真不得了，一下子就吸进去了13846只大水母、943只海蛾、身长9尺的锤囊虫和43只小冰蟹。

汤姆惊奇地看着它，说："她一定把你切成很多的小海豚吧？"这句俏皮话很幽默，惹得老鲸鱼哈哈大笑。它这一笑，让所有到了它嘴里的小动物们都逃了出去。

汤姆向前游去。等他靠近冰山的时候，发现冰山已经变成一个庄严的老太太。这个老太太浑身雪白，威严地坐在大理石的宝座上。宝座下都是护持婆婆用海水制造出来的儿女。

汤姆没想到护持婆婆一点儿也不忙碌。她静静地坐在那里，两手托着下巴凝视着面前的大海。她已经很老了，头上银丝飘飘。

她看见了汤姆，就温柔地问："你想要什么呢？我的孩子？我已经很久没有见过水孩子了。"

汤姆将他的**使命**告诉了护持婆婆，向她打听去天外天的路。

护持婆婆笑了："你已经到过了，应该知道啊！"

汤姆很惊奇："我到过了？我怎么不知道？"

"现在你望着我。"护持婆婆说。

奇怪，他一下子想起来了。汤姆谢过婆婆，想告辞了。他这样说："我听说您非常忙呢！"

"是啊，"护持婆婆说，"我从来没有像今天这样忙过，我的手指头都不动一下。"

"那么你是怎么把旧的动物制造成新的动物呢？"汤姆问道。

"我并不是麻烦地制造它们，我只是看着它们，让它们自己制造自己。"

多么聪明的婆婆！这就是善良的婆婆拥有

【使命】
派人办事的命令，多比喻重大的责任。

的本领。她从来都能够巧妙地回答所有的事,这对那些轻浮的人未尝不是一种绝妙的回答。

从前就有一个轻浮的人来到婆婆这里,向婆婆夸耀他怎样发明了蝴蝶。当然,这是真正的活蝴蝶,不是那种假造的。它们会飞、会产卵,会做所有蝴蝶都能做的事。这位仙人非常不谦虚,得意洋洋地夸耀着自己的非凡本领。

可是护持婆婆呢?她哈哈笑了起来。

"知道吗?孩子,"她说,"所有的人都能制造东西,只要她愿意花费时间和精力。但是,没有人能够叫他们自己去制造,就像我一样。"

所有来过的人都不相信她,只有亲自到了一趟天外天之后,才真正相信她。

护持婆婆现在要询问这个"美丽的小乖乖"汤姆,她问道:"你能认识到天外天的路吗?"

汤姆马上就忘记了。他想啊想啊,已经想不起来了。

知道为什么吗?这是他的眼睛离开了护持婆婆的缘故。

汤姆再次望着她,果然又记起来了,眼光一离开,马上又忘记了。

【蝴蝶】

昆虫,翅膀阔大,颜色美丽,静止时四翅竖立在背部,腹部瘦长。吸花蜜。种类很多,有的幼虫吃农作物,是害虫;有的幼虫吃蚜虫,是益虫。

这可怎么办呢？汤姆总不能一直这样望着婆婆啊。

是啊，婆婆给他出了一个好主意：眼睛望着眼前的这条狗，因为它熟悉路，并且永远不会忘记。婆婆给了他一个**护照**，叮嘱他挂在脖子上，遇到那里脾气不好的人，他们看到这个护照，就会放他过去。

汤姆是个听话的孩子，也是一个坚强、勇敢、正直的孩子。从和平池到天外天的路上，他始终盯着那条狗不放。一路上尽管他遭受了酷暑寒冬、尝尽了酸甜苦辣，可一步也没走错过。这是一次奇妙的旅行。汤姆在这次旅行中见到了、听到了我们都没有见到过、听到过的事情。这些在下一章就会有交代。

【护照】

国家主管机关发给出国执行任务、旅行或在国外居住的本国公民的证件，证明其国籍和身份。

美丽的成长

【化石】
古代生物的遗体、遗物或遗迹埋藏在地下变成的跟石头一样的东西。研究化石可以了解生物的演化并能帮助确定地层的年代。

离开和平池的汤姆随即到达了1万丈深的海底。这里就是伟大海母抚育生命的地方。她每天都能制造出大量的馒头和饼子。当然了,馒头最后成为山岳,而饼子就是岛屿了。

汤姆差一点儿被海母揉在熔浆里,那样的话,他就将变成一个水孩子的**化石**。谢天谢地!幸亏没有发生这种令人惊奇的事。

这里的海水非常浑浊,而且温度很高。在这里随处可见那些被海水烫死的死鱼的尸体。

汤姆遇见了一条死了的大海蛇。这条蛇的身体是那样长,以致汤姆不得不绕了大半英里的路程才过去。在一个叫做"止步"的地方,汤姆停了下来。

【泥浆】

黏土和水混合成的半流体,通常指泥土和水混合成的半流体。

其实这是一个海底的大洞穴的边缘。洞穴深不见底,不断地往外喷着蒸汽。

他伸头向下面张望,不小心被一块石头重重地打了一下。原来蒸汽冲坏了洞壁,激起了无数的泥浆和灰尘。这些泥浆四散开来,落在了洞穴的周围。不到五分钟的时间,这些泥沙已经蔓延到了他的脚踝上。

看着这么多的泥浆源源不断地落下来,汤姆害怕起来,他担心自己会被泥浆活埋了。就在一瞬间,汤姆站的那块地方被整个地拉了起来,向上猛烈地冲去,把汤姆顶了足足有一英里的高度。

忽然,他发现自己的腿被一个怪物缠住了。这是他从来没见过的大怪物。它长了不知道有多少个翅膀,每一个都有风磨叶子那样大。这个怪物没有肚皮,鼻孔长在腿根上。真是一个可怕的怪物。怪物每一个翅膀下面都有一条腿和梳子样的爪子,它靠这些翅膀翱翔在往上喷发的蒸汽上,自得其乐。

怪物看见汤姆到来,很不高兴。它对汤姆很不友好,认为汤姆挡住了它前进的道路。所以,现在它要把汤姆扔掉。可是汤姆不想掉下去,他害怕下面更不安全。

汤姆将自己前来的意图告诉怪物,可它并不相信。

"别骗我了,"怪物轻蔑地说,"我知道你是来偷金子的。"

汤姆很奇怪,他根本就不知道什么是金子。

后来汤姆明白了。每次蒸汽往外喷的时候,怪物就用鼻孔去嗅,还伸出爪子去抓,这样那些蒸汽就变成了**金属**雨。它的几只翅膀会落下不同的金属雨。其中一只是金雨,一只是银雨,一只是紫铜,一只是锡,其他几只翅膀则落下其他的金属雨。这些金属雨水落进泥浆里,就形成了各种**矿藏**。这就是海里有很多矿藏的原因呢!

突然,下面的蒸汽好像被关掉了,洞穴立刻就被海水灌满了。这些海水形成一道道的回旋,把怪物带得像**陀螺**一样地转了起来。不

【金属】
具有光泽和延展性,容易导电、传热等性质的单质。除汞以外,在常温下都是固体,如金、银、铜、铁、锰、锌等。

【矿藏】
地下埋藏的各种矿物的统称。

【陀螺】
儿童玩具、形状略像海螺,多用木头制成,下面有铁尖,玩时用鞭子抽打,使直立旋转。有的用铁皮制成,利用发条的弹力旋转。

过它早已经习以为常了。它告诉汤姆,现在是下去的时候了。汤姆立即奔向洞里,就像电影中的那些侠客一样,坚决地投身到奔湍的急流里。

【药方】
为治疗某种疾病而组合起来的若干种药物的名称、剂量和用法。

到了洞底,一阵猛烈的波浪之后,他被海水冲到了天外天的岸上。不过幸好他没有受伤,因为波浪很柔和,就像妈妈的手抚摸着你。

令他最为诧异的是,这里很像那个原来的世界。哪一个原来的世界呢?就是那个人类的世界啊!

汤姆在这里遇到了很多奇奇怪怪的事。有一次他路过了废纸州。什么叫废纸州呢?就是到处都是废纸的地方啊!这里堆满了坏书,可还有另外的许多人在这里挖掘和搜索,把这些坏书编成更坏的书。可是他们的生意很兴隆,儿童们尤其欢迎。

汤姆又来到了龌龊山和糖果省。这里的地面都是劣等牛奶糖做的,地上的裂缝里装满了不宜于孩子们吃的各种果实。仙人们看到这些,连忙捡起来,可是制造这些垃圾的人动作更快。那些歹毒的人甚至敢从科学老太太的大书里偷出**药方**,发明出许多毒害儿童的书。这

些人迟早会被罚恶仙人捉住，然后叫他们吃完，让他们都害胃病。谁让他们毒害儿童呢！

汤姆来到一个叫做波罗普拉格磨新岛的地方。这是一个奇怪的地方，因为这里的事情都是颠倒的。你看吧，车子可以拉马，鸟巢可以爬孩子，书写作者，死狗教活狮子表演，退休的瞎了眼的旅长做大学校长……人人都在做自己不会做的事，这是因为他们在自己会做的事情上面已经遭遇了失败。

走到城中心时，那些人立刻拥上来，指点着他不认识的路。

可是这些人并不能指点什么，他们的意见不统一。这个说："你不能去西方，那可是条死路。"那个说："乖乖，你放心走这边吧，这里可以到东方。"汤姆被他们推来推去，简直不知道该怎么办才好。他们谁也没有想到问问汤姆要去哪里。

【指南针】
利用磁针制成的指示方向的仪器，把磁针支在一个直轴上，可以作水平旋转，由于磁针受地磁吸引，针的一头总是指着南方。

非常难得的是，他们最后达成了一致意见：不管走哪条路，你总是错的。汤姆看见几十根指头同时指着**指南针**，看得头晕眼花。他真不知道该怎么做才行。

那只小狗忽然发起狂来，它汪汪地叫个不停，因为它觉得这些人似乎要把他的主人撕碎

了。所以，它上前去，咬住每个人的腿肚子不放。在小狗的帮助下，他好不容易才逃出这些人的包围。

汤姆的足迹踏遍了这个岛上的每一个角落，还到智人城溜达了一圈。后来他到了一个真正的大地方。这里所有的人都在逃命，日夜不停地求人家不要将他们不知道的实情告诉他们。他们后面有一个年老的巨人在日夜追随着。

这是个可怜的巨人，又老又瘦。他的身体主要是用鱼骨头和羊皮做成的。他带着一副大眼镜，手上拿着捕蝶网和**锤子**。他浑身上下都是口袋，装满了**标本**盒、显微镜、瓶子、**望远镜**、军用地图、风雨表，还有很多叫不出名字的工具。

机灵的汤姆不像那些人一样见了他就逃避，他就站在原地不动。巨人看到了他，开心地说："你是谁啊？怎么不逃走呢？"他把眼镜取下来，想仔细看看这个小东西。汤姆藏到了巨人的后面，这样巨人就看不到他了。

汤姆说他已经周游了世界，到过护持婆婆的归宿港，他可不是一般的海参、乌贼之类的小东西，那些小东西只供巨人收集起来装在瓶

【锤子】
敲打东西的工具。前有金属等材料做的头，有一个与头垂直的柄。

【标本】
保持实物原样或经过加工整理，供教学、研究用的动物、植物、矿物等的样品。

【望远镜】
观察远距离物体的光学仪器，最简单的折射望远镜由两组透镜组成。

名家带你读名著（绿色卷）
MING JIA DAI NI DU MING ZHU

子里。

啊,这还是个了不起的旅游家呢!巨人立刻跟他和好了。巨人很高兴,因为终于有人能跟他谈一些他不知道的事情了。

这是所有古今巨人中最仁慈、最诚实、最单纯的一个人。他高兴地对汤姆说:"我要是能到你到过的地方,该多好啊!你这个幸运的小鬼头!"

汤姆说除非他也变成一个水孩子。

"啊,我倒是想变个水孩子呢!可惜我变不了。你多么幸运啊,小鬼头。"

汤姆开始喜欢这个巨人了。可是,他想不明白,这么善良的巨人为什么要追赶那些可怜的人。

巨人说,并不是他要追赶那些人,而是那些人在追赶他。他们世世代代地追赶巨人几千年了。这些人骂巨人是恶毒的**土耳其**人,把他赶来赶去。其实,巨人只是想跟他们友好,并没有别的意思啊。可是他们总不相信。

可是,巨人为什么不停一下,而要不断地追赶呢?

巨人说他有自己的使命,到底这使命是什么,他也不知道。但是,他不能停下来,这样

【土耳其】

土耳其地跨欧、亚两洲,大部分领土在小亚细亚半岛上。全境大部分为安纳托利亚高原,东部为山地,常有地震。经济以农业为主,畜牧业较发达,地毯织制业发达。首都安卡拉。

会让所有的蝴蝶和雀儿都飞走了。那样,他就变得没精打采,渐渐死去。他的**格言**就是:尽你的责任,捉住你碰到的第一只甲虫。

巨人要走了,结果碰上了一座神庙的钟楼,这座钟楼在他的巨大腿足之下,就像一颗小石子一样。这个巨大的钟楼被他撞倒了,可是巨人一点儿也不怕。他拿出**放大镜**,看见一个逃跑的小人,他惊喜地叫了起来:"啊,这么多罕见的种类啊!这太重要了!"

就这样,巨人追赶那些人,那些人也在追赶巨人。他们就这样追了几百几千年,直到今天也还是这样。追啊追啊,他们一直不停地打着转。

汤姆来到一座有名的岛上。罚恶仙人替它起了一个名字,叫大头娃娃岛。这个岛有一个奇怪的特点,就是岛上的所有人都只有脑袋,没有身子。

在这个岛上,汤姆看到了那些因为被考试逼得腐烂的萝卜们。这些都是大头娃娃,他们日夜哼哼唧唧、哀哀切切地哭泣。因为考试先生要来了,可是他们的功课还没学会。他们整天唱着那首"考试"歌,歌声十分凄苦。汤姆走了过来,这些萝卜们纷纷求汤姆帮他们做功

【格言】

含有劝诫和教育意义的话,一般较为精练,如"满招损,谦受益","虚心使人进步,骄傲使人落后"。

【放大镜】

透镜的一种,中央比四周厚,平行光线透过后,向轴线的方向折射聚集于一点上。物体放在焦点以内,由另一侧看去就得一个放大的虚像。远视眼镜的镜片就属于这个类型。

课。

"能告诉我开这个平方是多少吗?"

"美国的奥里贡州诺门县的斯奴克镇的经纬度是多少呀?"

"一个能干的学校视察员从伦敦翻筋斗翻到约克郡需要多长时间?"

"我的远房堂弟祖母的女佣的猫叫什么名字呀?"

这些弄得汤姆丈二和尚摸不着头脑。

更奇妙的是,汤姆遇见了一个最大最早熟的萝卜,这个萝卜要汤姆告诉他想知道的事情。萝卜想学点儿常识,可是他学得快,忘得也快。所以,当汤姆滔滔不绝地给他讲起自己一路上的经历时,萝卜的身上冒出了很多水。没关系的,这是因为它工作过度。后来情况不妙了,萝卜全身的水都淌了出来,成了一层皮。

汤姆以为是自己把它害死了,就想逃走。可是,萝卜的父母很高兴。它们把儿子当成圣徒和殉教者,给儿子的坟上立了一个大碑。碑上赞颂自己的儿子如何了不起,简直就是一个神童。

汤姆实在看不懂这些,就向他碰上的一根

【伦敦】
英国首都和政治、经济、文化及交通中心,世界最大城市之一,城内有许多著名建筑。

旧**手杖**请教。

"你不知道,"手杖说,"原本这里有很多美丽可爱的孩子。如果他们像正常人一样长大,现在可能还是可爱的儿童呢。可是他们有愚蠢的父母,这些父母不许他们摘野花、偷鸟巢、做泥饼、环绕着花丛跳舞,而是逼着他们做功课,从星期一做到星期日。他们有数不清的大大小小的考试,周考、月考、年终大考。这些考试把我们可爱的孩子都变成了萝卜。他们的肚子里剩下的只有一包水,可那些父母还要把他们的绿叶拔去。"

"如果福善仙人知道了,"汤姆想,"她一定会给孩子们送来许许多多快乐的玩具,让他们快乐地玩。"

可现在他们玩不了了。因为他们的两条腿因为长期不运动,已经在地上生根了。

手杖告诉汤姆快走,那个大**主考**要来了。要是他看见汤姆,非逼着汤姆和他的狗一起考。而且,他还会让汤姆去考别的孩子,让狗去考别的狗。所有的小孩子和老师都要被他考,没有人能逃出他的手掌心。

汤姆生气极了,没想到还有这么坏的大主考。他远远地看见那个衣着考究的大主考走了

【手杖】
走路时拄着的棍子,手拿的一头有柄。

【主考】
主持考试的人。

过来,吓得他带着小狗逃跑了。那些萝卜们看见他来,有几个马上就爆裂开了。

汤姆来到海边,路过那个可怜的萝卜坟。那个刻着赞颂他天才的碑文已经被移开了,换成了罚恶仙人写的**碑铭**:

> 我苦苦忍受,学习学习,过了好久,
> 可是它们全没有用处,
> 还算老天有眼,使我逃脱了苦难。

汤姆心情沉重地从这里出来。

汤姆接着到了无稽国,这个国家的名字很怪对不对?其实呀,这里不仅国家的名字怪,人也很怪。这里的人全都信奉一种可怕的**宗教**,他们把一只哀叫的猿当做崇拜的**偶像**。

路上,汤姆遇见一个哭泣的男孩。这个男孩坐在地上哭得很伤心。

汤姆忍不住关心地问道:"你怎么了?为什么要哭?"

"因为我现在害怕得还不够。"

"你真是好奇怪啊!"汤姆很惊奇,"你想感觉害怕是吧?现在你看看我——哇!"汤姆做出一个可怕的表情。

【碑铭】
刻在碑上的文字;准备刻在碑上的或从碑上抄录、拓印的文字。

【宗教】
一种社会意识形态和文化历史现象,是对客观世界的一种虚幻的反映,相信在现实世界之外存在着超自然、超人间的力量,要求人们信仰上帝、神道、精灵、因果报应等,把希望寄托于所谓天国或来世。

【偶像】
用木头、泥土等雕塑的供迷信的人敬奉的人像,比喻崇拜的对象。

"可是我一点儿都不觉得可怕。"男孩子说,"不过我还是感谢你的好意。"

汤姆按照小男孩的意思,走过去打他、扭他、用棍子敲他。他把所有能够令小男孩害怕的**招数**都使上了,可还是不能令他害怕。

小男孩还是哭个不停。他有礼貌地谢了汤姆,但仍啼哭不止。这个孩子说的话也都带上了漂亮、甜蜜的字眼。看来,小家伙的爸爸妈妈经常用这些**肉麻**的字眼,所以小家伙认为自己也可以拿来用。

孩子的爸爸妈妈终于都来了。他们看到小乖乖哭得那样伤心,吓了一跳。他们赶忙派人去医院请医生。看来孩子的爸爸妈妈还都是善良的人。他们和汤姆谈论着旅途中各种有趣的见闻,谈得很开心。

医生终于来了,这是一个看起来很令人讨厌的人。这个人长得很胖,腋下夹着一只魔法箱子,原来他是一个巫医。汤姆第一回看到他,还以为他就是葛林先生呢!所以心里很害怕,可是后来发现他并不是葛林先生。为什么呢?因为这个人从来不拿正眼看人。他只要张开嘴,就能喷出一堆烟火;他每打一个喷嚏,就会带来劈啪的**爆竹**声;他只要叫你一声,你

【招数】
比喻手段或计策。

【肉麻】
由轻佻的或虚伪的言语、举动所引起的不舒服的感觉。

【爆竹】
用纸把火药卷起来,两头堵死,点着引火线后能爆裂发声的东西,多用于喜庆事。也叫炮仗或爆仗。

的身上马上就会洒满**沥青**。

"小乖乖,我们又见面了!"他厚颜无耻地说,"你不是不会害怕吗?来,我帮你害怕!哇!哗啦啦!呼噜噜!"

他拿起自己的魔法箱子,使劲儿地摇晃,一边还大喊大叫。他不断地跺脚、跳上蹿下,像猴子那样跳舞,看起来就像一个真正的魔鬼。他还懂得很多魔法呢!他只要按一下魔法箱里面的弹簧,里面就会蹦出很多很多魔鬼、妖怪,还有一些脚下装着很多弹簧的人的头颅等等,可怕极了。箱子里还能发出很多可怕的轰隆隆的声音,那个小孩吓得两眼翻白,晕了过去。

可是孩子的父母很高兴,他们好像找到了一座金矿一样,对巫医感激不已。他们虔诚地跪在巫医的面前,还专门制作了一顶银**轿子**。这真是个华丽的轿子,金丝织的轿帘在轿子的四周垂下来,闪烁着银色的光芒。

男孩的爸爸妈妈亲自过来抬他走,结果巫医施了魔法,让轿杠粘在他们的肩头,并且从此就不能放下来了。两个人只好不顾死活地抬着他走了。如果你看过《一千零一夜》中的辛伯达航海的故事,你就知道他的故事就像那

【沥青】
有机化合物的混合物,黑色或棕黑色,呈胶状,有天然产的,也有分馏石油或煤焦油得到的。用来铺路,也用作防水材料、防腐材料等。

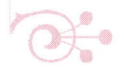

【轿子】
旧时的交通工具,方形,用竹子或木头制成,外面套着帷子,两边各有一根杆子,由人抬着走或由骡马驮着走。

个肩上背着老人的那个人的故事一样。他们看起来很是悲惨和可怜,可是我们也不能帮上他们。如果单就那对父亲和母亲来说,他们都是很好的人。因为父亲长得很英俊,是一个威武的军官呢!那个母亲呢,长得很漂亮。

可是,你看看吧,他们就是太愚蠢了,做了太多愚蠢的事,现在罚恶仙人就来惩罚他们了。惩罚的形式是让他们抬轿子,而且要一直抬下去,抬到世界变得美好那一天。

那个巫医现在跟汤姆商量:"小家伙,我现在要对你做一个**实验**,检验你是不是一个坏人,你愿意受到这样的惊吓吗?"

"你就是其中一个。"汤姆厌恶地说。

这个可恶的家伙向汤姆跑过来,嘴里不断地大声叫喊着"哇,呜!"汤姆一点儿也不害怕,他也向着那个人大喊着同样的话,并且勇敢地命令他的小狗扑上前去咬他的大腿。

哈哈,令人难以置信的事发生了。那个家伙吓得转身就跑,累得气喘吁吁,不停地喘着气,就像一头老母猪。这个胆小的家伙一边跑还一边在喊:"救命啊!杀人啦!放火啦!"

这个家伙死命地叫唤,好像天要塌下来一样。

【实验】
为了检验某种科学理论或假设而进行某种操作或从事某种活动。

就这样，男孩子的爸爸妈妈和无稽国所有的爸爸妈妈都赶过来了。他们就好像第一次在庄园里追赶汤姆一样，纷纷跟随着那些糊涂的人，追赶汤姆来了。他们也都在大喊着汤姆这个坏蛋，叫嚣着要把他杀死、淹死、绞死。不过呢，仙人已经把这里所有的杀人利器都藏了起来，所以他们想要把汤姆绞死、杀死、淹死也不可能。这些家伙们只能用石子扔汤姆。这些石子有一些打中了他，从他的背穿过去。可是汤姆是个水孩子，所以不感觉很痛。这些小洞随后都长上了。后来，他终于逃出了无稽国，大大松了一口气。

汤姆的下一站是一个非常清静的国家，国名叫"世外桃源"。这里太阳纺纱，风儿织锦，人民安居乐业。

汤姆一路走来，见到了、听到了无数奇怪的国度，这次，他总算望见了一所大房子。汤姆一边朝房子走一边在心里盘算：这所房子是做什么用的？他的心里有一种奇怪的预感，好像要遇到葛林先生了。

忽然，有三根警棍跑了过来，他们没有胳膊和腿。没有腿脚的警棍居然也能走路？你说这是不是奇怪的事？汤姆已经不吃惊了，因为

【庄园】
封建主占有和经营的大片地产，包括一个或若干个村庄，基本上是自给自足的经济单位。以欧洲中世纪早期的封建领主庄园最典型，我国封建时代皇室、贵族、大地主、寺院等占有和经营的大田庄，也有叫庄园的。

【世外桃源】
晋代陶潜在《桃花源记》中描述了一个与世隔绝的不遭战祸安乐而美好的地方。后借指不受外界影响的地方或幻想中的美好世界。

【警棍】
警察执行任务时使用的特制棍棒。

他已经遇到过那么多奇闻怪事,早已见怪不怪了。

第一只警棍走过来拦住他,问他是做什么的。汤姆拿出护持婆婆的护照,这个独眼的警棍就放他过去了。不过他还有些不放心,就说:"我还是跟你一起去比较好。"

"这样也好,有警察陪伴总是安全一些。"汤姆想。

警棍领着汤姆走到监狱的大门口。警棍走上前去,用自己的头撞了两下门。

门开了,一杆巨大的黄铜的老式土枪伸出头来,这是狱卒。汤姆禁不住往后退了两步。

"又来了一个案犯?"土枪问。

警棍回答:"不是的,长官,这是从护持老太太那里派来的年轻先生,他要探望那个扫烟囱的葛林。"

土枪把枪嘴缩了进去,他可能去看囚犯的名单了。

土枪告诉他们,葛林住在345号烟囱上面,汤姆必须从屋顶上走过去。

这个屋顶起码有90英尺高,汤姆正发愁怎样上去呢,可是你猜怎么着?只见那个细细的警棍头一摆,把整个身体翻转了360度,只轻

【警察】

具有武装性质的国家治安行政人员。包括户籍警察、司法警察、交通警察等。

【案犯】

指作案的人。

轻那么一扫,就把汤姆扫上了屋顶。

汤姆得知葛林是这里最最不思悔改的家伙,他的心肠狠毒,满脑子只想着啤酒和抽烟。而且,他还经常违反监狱的规则。

他们总算走到了345号烟囱。这时,葛林先生满身煤污,嘴里叼着烟斗,还在骂骂咧咧。他看见汤姆走过来,就冷言冷语,说汤姆是来嘲笑他的。汤姆赶快辩解,他告诉葛林,自己是来救他的。

"救我?"葛林冷笑道。他根本不相信汤姆会专程跑过来救他这样的人。而且,他对警棍很不敬,不断说些不敬的话给他听。可是人家警棍像一个真正训练有素的警察,一点儿也不计较私人恩怨,对他不理不睬。

汤姆望着高高的烟囱,心里七上八下。他知道自己无法帮助葛林爬出烟囱。警棍告诉汤姆,他这种人**自作自受**,只能自己帮助自己。

葛林很不高兴,他说:"可是你们并没有征求我的同意,就把我关在这里,把我塞在这个**瘟病**的烟囱中,把我的身子死死地固定在这里,使我一动也不能动。你们瞧瞧,我待在这里100年了,烟也不能抽,啤酒也不能喝,过得连个狗也不如。你们说这是我情愿的吗?"

【自作自受】
自己做了错事,自己承受不好的结果。

【瘟病】
中医对各种急性热病的统称,如春瘟、暑瘟、伏瘟等。

"当然不是你情愿的,"罚恶仙人出现在他身后,"可是你虐待汤姆的时候,他也不是情愿的。"

看到仙人过来,警棍和汤姆都向她深深地鞠了一躬。

"别说了,太太。"汤姆说,"那都是过去的事了。现在我想帮助葛林先生,因为他是那样的痛苦,能不能允许我把砖头搬开几块呢?"

仙人同意了。汤姆就搬那些砖头,可那么重的石块,一个小小的孩子怎么能搬得动呢?

汤姆很沮丧。他历尽千辛万苦,就想帮助葛林。他站在那里,不知道该怎么办,可以看得出,他现在心里很难过,可他还是一点儿办法都没有。

"你不要管我了,"葛林说,他终于**良心**发现了。"我知道你是个善良的小东西。可是**冰雹**马上要来了,会把你的眼睛打坏的。"

原来冰雹是葛林母亲的眼泪,这是仙人告诉他们的。仙人说,那是因为母亲的眼泪被他冰冷的心冻成了冰雹。现在他的母亲已经安息,不会再掉眼泪,也就不会再有冰雹了。

葛林想起自己的母亲,伤心起来。原来他

【良心】
本指人天生的善良的心地,后多指内心对是非、善恶的正确认识,特别是跟自己的行为有关的。

【冰雹】
空中降下来的冰块,呈球形或不规则形,多在晚春和夏季的午后伴同雷阵雨出现,给农作物带来很大危害。通称雹子,也叫雹。

的母亲就是汤姆跑到凡谷遇见的那个老太太。葛林从小不学好，从家里逃了出来学习扫烟囱。后来就再也没有回去看过母亲。汤姆把自己的那段经历都告诉了葛林。

葛林忍不住像娃娃一样大哭起来，对自己所做的一切后悔不迭。他现在终于明白了自己从前犯下的错误，并决定承受所有的惩罚。

仙人温柔地劝解他："什么事情都来得及。"她说这话的时候，十分温柔美丽。汤姆禁不住多看了她几眼。

果然是这样。当葛林痛苦地大哭时，他脸上的煤灰被洗得干干净净，那座大烟囱倒塌了，葛林脱身出来了。

仙人给了葛林一个机会，只要他肯服从仙人，就可以免除罪恶。这时葛林才知道，原来这个仙人就是曾经给他们师徒俩说过"谁若是想下流，他就将下流到底"的那个爱尔兰女人。仙人严厉地指出，葛林其实一直在违抗自己，现在她决定给他一个改过自新的机会。

仙人吩咐警棍把他带出去，再给他一张许可证。这次仙人决定派他去打扫火山穴。如果火山穴再堵起来引发**地震**的话，他将受到严厉的惩罚。

【地震】

地壳的震动，通常由地球内部的变动引起，包括火山地震、陷落地震和构造地震等。另外，陨星撞击、人工爆炸等也能引起地震。

被警棍押走的葛林先生像一个**哈巴狗**一样听话。直到今天,他还在那里打扫火山呢!

汤姆闭上眼,被仙人安安全全地带出了天外天。按照仙人的吩咐,他要回到原来白兰登仙人岛。等他睁开眼睛——他发现了什么!

一望无际的**杉木**沐浴在红色的晨曦中,平静的银光在海上闪烁。风声在杉木中吟啸,水声在洞穴中唱和。成串的海鸟投入了海中。空气中充满了平和的气息,歌声在水中回荡。白兰登圣徒们和那些隐士们也都张开了善良的嘴唇,歌唱着美好的生活。这些歌声中,有一个最美丽最轻柔的声音,那是一个女孩子唱的。这个女孩子就是爱丽。爱丽已经长大,长成了一个最美丽的姑娘。

汤姆见到爱丽,他们高兴地说着彼此的变化。是啊,他们如今都长成大人了。汤姆是一个高大的男子,而爱丽也是一个美丽的女郎了。两个人诉说着彼此的思念,站在那里一动不动地互相望着对方,望了整整7年。

这时,他们听见一个动听的声音:"孩子们,你们难道不想再看看我吗?"

"我们都在看着你呀!"他们还以为自己在看着仙人呢!

【哈巴狗】
一种体小、毛长、腿短的狗。供玩赏。

【杉木】
常绿乔木,高可达30米,树冠的形状像塔,叶子长披针形,花单性,果实球形。木材白色,质轻,有香气,供建筑和制造器具等用。

等他们回过头来,他们看到一个最最美丽的仙人。

"啊,你是福善仙人。"

"不,你是罚恶仙人。现在变得多美丽啊!"

"再看看。"仙人笑着说。

汤姆再去看时,忽然又感觉她像护持婆婆。这是什么原因呢?汤姆想了想,忽然好像**领悟**到了什么。他知道自己领悟到一些东西,这些东西令他既欢喜又害怕。到底是什么东西呢?我们也说不清楚。

"再看看啊。"仙人还是这么说。

他们望着她,觉得都像又都不像。

仙人告诉他们:"我的名字就在我的眼睛里,要是你们的眼睛看得见,你们就知道我是谁了。"

他们望着仙人**钻石**一样美丽的大眼睛,可是没有啊,哪里有什么名字?

"还早,孩子们。"仙人笑眯眯地飞走了。

不管怎么说,汤姆现在可以每星期日都跟爱丽回家了。他现在是一个大科学家,能够设计**电报**、蒸汽机、**步枪**之类的东西。可是,他

【领悟】

领会;理解。

【钻石】

经过琢磨的金刚石,是贵重的宝石。

【电报】

用电信号传递文字、照片、图表等的通信方式。可分为编码电报和传真电报两种。

【步枪】

单兵用的枪管较长的枪,有效射程约400米。可分为非自动、半自动、全自动三种。

总有一些事情怎么也想不通,这是因为这些问题是谁都不懂的。既然大家都不懂,我们就不要去想了。

"汤姆和爱丽最后结婚了,是吗?"

唉呀,我亲爱的孩子,你这种想法多么无聊啊。你看看那些童话里,王子和公主以下的人不都是从来不结婚的嘛!

汤姆的小狗哪儿去了?

这个嘛,你在每年的七月里都可以望见它。它会在任何一个晴朗的夜晚出现在天上。原来,天上的天狗星已经烧坏了,所以简直没有了热天。后来,人们把原来的天狗星摘下来,把汤姆的小狗放了上去。所以,今年我们就可以盼望热天到来啦!

这就是我全部的故事。

你想到了吗?

亲爱的孩子,从这个**寓言**里,我们应当吸取哪些教训呢?

我想,我们应当吸取至少三四十个教训。可是,至少有一件我们应当学到,那就是:

当我们看到池塘里面的水蜥时,千万不能伤害它们,也不能把它们和丝鱼放在一起养。不然,丝鱼就会刺破它们的肚皮。它们逃

【寓言】
用假托的故事或自然物的拟人手法来说明某个道理或教训的文学作品,常带有讽刺或劝诫的性质。

出水缸，就会到别的什么地方，死于非命。知道吗？这些水蜥不过是愚笨的水孩子，因为它们不好好学习功课，又不肯保持清洁，所以才弄到今天这个地步。你看，它们的下巴鼓了出来，尾巴加长了，额头变平了，皮肤上变得到处是斑斑点点。它们永远驻守在肮脏的池塘里，睡在烂泥里，吃各种小虫子。它们也只配这样。孩子们，所有不听话的水孩子，懒惰的水孩子，都会变得像它们一样呢！

即使这样你也不应当虐待它们。它们也像汤姆一样，本性是善良的。所以，你要好好地疼爱、怜悯它们。你们要帮助它们尽快觉醒过来，改过自新。我们要相信它们，只要它们愿意好好地生活，努力去工作，它们就能够在努力后的378023年9个月10天2小时21分钟之后，重新变成水孩子，而且，它们还会变成陆地上的孩子，像我们一样，还会长大成人。

不要认为这些不可能。你知道吗？有些人还是很喜欢这些水蜥的。水蜥从来不会伤害别人，它们只有一个缺点，就是没有什么用处。可是很多比它们高等的动物也一样没有用处啊，比如那些鸭子、梭鱼还有淘气的儿童，为什么它们就有改过自新的机会，而水蜥没有呢？这样也太不公平了。所以，很多喜欢水蜥的人希望有一天能够消灭这种不公平的现象。

现在嘛，你还是好好学习吧！好好学习你的每一门功课。世界上有那么多好事情在你的身边。所以，就算我的故事不是真的，这些好事情总是真的。

一定要记住我一开始讲过的话：这只是一个童话，一个虚构的有趣的故事。所以，你不需要相信它，就算它是真实的。